中国教育学会中学语文教学专业委员会专家审定

DIXIN
YOUJI

地心游记

【一段超越时空的漫游历程】

〔法〕儒勒·凡尔纳◎著
《青少年经典阅读书系》编委会◎主编

首都师范大学出版社
CAPITAL NORMAL UNIVERSITY PRESS

图书在版编目(CIP)数据

地心游记/《青少年经典阅读书系》编委会主编.—北京:首都师范大学出版社,2011.11(2023年10月重印)
(青少年经典阅读书系.科幻系列)
ISBN 978-7-5656-0541-3

Ⅰ.①地… Ⅱ.①青… Ⅲ.①科学幻想小说-法国-近代
Ⅳ.①I565.44

中国版本图书馆 CIP 数据核字(2011)第 222650 号

地心游记

《青少年经典阅读书系》编委会 主编

策划编辑 李佳健
首都师范大学出版社出版发行
地　　址 北京西三环北路 105 号
邮　　编 100048
电　　话 68418523(总编室)　68418521(发行部)
网　　址 www.cnupn.com.cn
印　　厂 汇昌印刷(天津)有限公司
经　　销 全国新华书店发行
版　　次 2012 年 7 月第 1 版
印　　次 2023 年 10 月第 6 次印刷
书　　号 978-7-5656-0541-3
开　　本 710mm×1000mm　1/16
印　　张 11
字　　数 119 千
定　　价 28.00 元

总　序

Total order

被称为经典的作品是人类精神宝库中最灿烂的部分，是经过岁月的磨砺及时间的检验而沉淀下来的宝贵文化遗产，凝结着人类的睿智与哲思。在滔滔的历史长河里，大浪淘沙，能够留存下来的必然是精华中的精华，是闪闪发光的黄金。在浩瀚的书海中如何才能找到我们所渴望的精华——那些闪闪发光的黄金呢？唯一的办法，我想那就是去阅读经典了！

说起文学经典的教育和影响，我们每个人都会立刻想起我们读过的许许多多优秀的作品——那些童话、诗歌、小说、散文等，会立刻想起我们阅读时的那种美好的精神享受的过程，那种完全沉浸其中、受着作品的感染，与作品中的人物，或者有时就是与作者一起欢笑、一起悲哭、一起激愤、一起评判。读过之后，还要长时间地想着，想着……这个过程其实就是我们接受文学经典的熏陶感染的过程，接受文学教育的过程。每一部优秀的传世经典作品的背后，都站着一位杰出的人，都有一个高尚的灵魂。经常地接受他们的教育，同他们对话，他们对社会与对人生的睿智的思考、对美的不懈的追求，怎么会不点点滴滴地渗透到我们的心灵，渗透到我们的思想和感情里呢！巴金先生说：“读书是在别人思想的帮助下，建立自己的思想。”“品读经典似饮清露，鉴赏圣书如含甘饴。”这些话说得多么恰当，这些感

总 序

Total order

受多么美好啊！让我们展开双臂、敞开心灵，去和那些高尚的灵魂、不朽的作品去对话，交流吧，一个吸收了优秀的多元文化滋养的人，才能做到营养均衡，才能成为精神上最丰富、最健康的人。这样的人，才能有眼光，才能不怕挫折，才能一往无前，因而才有可能走在队伍的前列。

“首师经典阅读书系”给了我们一把打开智慧之门的钥匙，会让我们结识世界上许许多多优秀的作家作品，会让这个世界的许多秘密在我们面前一览无余地展开，会让我们更好地去感悟时间的纵深和历史的厚重。

来吧！让我们一起品读“经典”！

国家教育部中小学继续教育教材评审专家
中国教育学会中学语文教学专业委员会秘书长　苏立康

丛书编委会

阅读导航

《地心游记》发表于1864年，是凡尔纳早期著名的科幻小说之一。这个故事是从德国著名的地质学家黎登布洛克教授想解读一张写在羊皮纸上的密码开始的。从这个密码中，教授获悉在冰岛一个火山喷发口的洞穴里，有一条通往地心的神秘通道。于是偕同侄子阿克赛和向导汉恩斯，进行了一次穿越地心的探险旅行。他们从冰岛的火山口下降，在地心经过三个月的艰辛跋涉，一路克服缺水、迷路、暴风雨、遇上海怪等艰难险阻，最后从西西里岛的火山口返回地面。

虽然《地心游记》是一部充满传奇色彩的科幻小说，但它的诞生是和当时的历史、社会背景分不开的。一方面，欧洲殖民者出于建立各自殖民地帝国的目的，掀起了一股探险热潮，在短短的时间里，他们相继征服了尼罗河的源头、撒哈拉沙漠、非洲大陆、南北两极，地球上人迹未至之处越来越少。另一方面，科学技术特别是考古学和地质学得到了前所未有的发展。这部书正是在这样的背景下应运而生的。

这个故事想象奇特，但有正确的科学知识作为理论基础，情节却也合乎情理。虽然读者知道这是一部科幻小说，其中的情节都是凭空想象出来的，但却仿佛真的看到了地底神秘世界中的不同风景。在小说中，凡尔纳对于小说的情节和人物的刻画都有自己特有的表达方式，向读者描述了一个神奇的地下世界。作品在展示曲折生动、饶有趣味的情节时，又让读者学到丰富的科学知识，感受人类融入自然、与自然和谐共存的坚强意志。

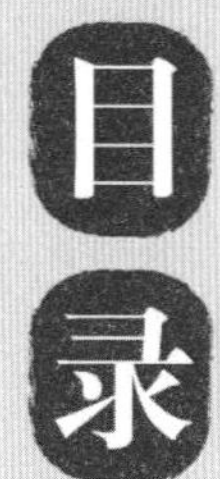
目
录

第一章 古怪的教授

叔叔性格古怪、脾气暴躁。虽然他不善于表达，却是一个真正的科学家。

1863年5月24日，一个星期天。我正打算偷偷溜回我楼上的小房间去，可是，这时外面的大门响了一下就被推开了，沉重的脚步压得楼梯咯吱作响。这房子的主人急匆匆地穿过饭厅，直接就到他的工作室去了。

“教授怎么这么早就回来了？我的饭还没有准备好呢！”女佣马尔塔冲进饭厅，惊慌失措地喊道。因为她知道，叔叔要是饿了，准会大喊大叫的，因为他的性子最急躁了！

这一段给了读者以教授关于性格的初步印象。

看到马尔塔的样子，我禁不住感到有些好笑，便劝她道：“还不到午饭时间哩，圣米歇尔教堂刚刚打了一点半钟。”

马尔塔急忙回到她的厨房做饭去了。

就在他匆忙地穿过饭厅的时候，他先是把他那根圆头手杖丢到房角，又把头上的大帽子丢到桌子上，接着向我大声命令道：

“阿克赛，跟我来！”

叔叔一向性格急躁，我哪敢怠慢，立刻飞奔到他的书房里。

我的叔叔黎登布洛克教授虽然性情有点儿怪，但他确实是个好人。

认真分析理解这句话中两个“教授”表示的不同意义。

他是约翰学院的教授，教授矿石学。在讲课的时候，他总要发一两次脾气。他并不在意他的学生是否按时上课，是否用心听他讲授，学业上是否有成就；这些本应该注意的细节他全不关心。他完全从自己的主观意识出发，讲课完全是为他自己。所以说，尽管他是个科学的源泉，但是想从这个源泉里汲取水分，却是很难的。

在德国，有一些教授就是这样的。

进一步描述教授的性格特征。

不幸的是，我的叔叔是个不善于表达的人：在熟人中间闲谈还好，在公共场所就非常拘谨。所以在学院讲课时，教授常常会为了同一个不易从嘴里说出来的，但却能准确表达内容的字进行斗争而中止发言，同那个字抗争到底，而且越来越愤怒，最终以不太文明的骂人粗话的形式说出口来。

但不管怎么说，叔叔是个真正的学者。尽管他有时会把标本搞坏，但他却具有地质学家的天赋和矿石学家的锐敏观察力。他会熟练地使用那些锤子、钻子、磁石、吹管和盐酸瓶子，从某一种矿石的裂痕、硬度、可溶性、响声、气味和味道，他立即可以判断出它属于

锐敏：感觉灵敏；眼光尖锐。

哪一类物质。矿石学里那些半希腊、半拉丁的名称，例如什么“菱形六面结晶体”、什么“松香沥青化石”、什么“给兰立特”、什么“谭加西特”、什么“钼硫铅”等，在叔叔那里却是烂熟于心的。

黎登布洛克的名字，在所有国家科学机关学会里，都是能使业界人士如雷贯耳的。亨夫莱·达威先生、德洪伯特先生、富兰克林和萨宾大佐路过汉堡的时候，都要来拜望他。还有贝凯雷先生、埃贝曼先生、布鲁斯特先生、杜马先生、米尔纳·埃德渥先生，都喜欢同他研究化学方面十分重要的问题。他在这门科学上有过很多重大的发现：1853 年在莱比锡城发表了黎登布洛克教授的著作《超越结晶体学通论》。这是一部附铜版插图的巨著，但因为成本太高，后来还是赔了不少钱。

这里介绍了教授的威望和成就。

此外，我的叔叔还做过俄国大使斯特鲁维先生的矿石博物馆馆长，那里的宝贵收藏在整个欧洲都是享有盛名的。

当然，暴躁地把我呼来唤去的也是这位大人物。他是个大高个儿，很瘦，但是非常健康，看起来很年轻；一双大眼睛骨碌碌地在眼镜后面转动；鼻子长而且尖，像一把尖刀。顽皮的学生们常说那简直就是一块吸铁石，铁屑遇到它，立即会被吸起来。

排比句。描述了教授的外貌特征，借此表现了他的激情和活力。

还有一点，我叔叔做事风风火火——走路时步子很大，足足有 3 英尺，而且紧握双拳，情绪高昂。当看到他这副急躁的样子时，你就可以明白为什么有人害怕接近他了。

风风火火：形容很活跃、有劲头的样子。

他就住在科尼斯街19号，那是汉堡旧城里一条最古老的街道。房子是半砖半木结构，有锯齿形的山坡，旁边有一条弯弯曲曲的运河穿过汉堡旧城中心，与其他运河相通。1842年曾经发生火灾，那个地区却幸免于难。

幸免于难：侥幸、幸运地避免了灾难。

这所房子里生活着他的养女格劳班——17岁的维尔兰少女，还有女佣马尔塔和我。我既是他的侄子，又是他科学实验中的助手。对于地质学，我发自内心地喜欢，我的血管里有矿石学家的血液，而且我爱那些石头，玩起那些宝贵的石头来永远不会厌倦。

"我"和教授工作、生活中的相处很融洽。

尽管这小房子的主人脾气古怪，可是在科尼斯街这所小房子里却可以过得很快活。所以，对这样一个古怪的人所发出的命令，我还是乐于服从的。于是我飞也似的朝他的书房跑去了。

情境赏析

这一章以极大的篇幅描述了本书主要人物黎登布洛克教授，包括他的行事风格、工作态度和成绩、外貌特征、性格特点，这些都无不与以后故事情节的逐步展开息息相关。他的古怪、暴躁、风风火火和严谨认真的工作态度，使这次冒险之旅的成行也就顺理成章了。

名家点评

凡尔纳的小说启发了我的思想，使我按一定方向去幻想。

——（俄）齐奥尔科夫斯基

第二章 神秘的冰岛文字

一本普通得不能再普通的书，装帧破旧，书已经旧得发黄，然而却引起了教授的极大兴趣！

教授的这间房简直是个博物馆。这里的矿石标本应有尽有，被分成可燃烧的、金属的和岩石的三大类整齐地摆放着。这些都是我喜欢的玩意儿，那些石墨、石炭、黑煤、木煤、土煤对我来说，都有着无穷的吸引力。

不过，此时，我却对这些宝贝视而不见，因为我的注意力完全被叔叔吸引了。他正坐在他那"乌特烈绒"的大靠椅上，手里拿着一本书，神情中透露着欣赏与骄傲。

"我"一看到这种情况，就知道教授必然有了惊人的发现，所以"我"才对别的东西视而不见。

"真棒啊！"他兴奋地大声说，"我得到了一件无价之宝，这是我今天早晨在那犹太人海维流斯的书摊上觅到的。"

我心里暗暗发笑：一本旧书有什么值得大惊小怪？书的封面同书脊都是粗牛皮做的，书已经旧得变成黄色，书中还夹着一条变了颜色的书签。

很平常的一本旧书，难道里面藏着藏宝图？

可是，这时教授情不自禁地发出了叫喊声。

"你看啊！"他说，"它是那样紧凑与厚重，封皮同里页紧紧合在一起，只要平稳地放在那里，没有人动它，任何一处都不会张开。而且它的书脊过了六七百年了，竟没有一点儿裂痕！这种装帧简直精致到了极点！”

装帧(zhēn)：书画、书刊的装潢设计。

看到他不住地翻动着那本书，我的好奇心也上来了：

“这本了不起的书叫什么名字？”

我叔叔兴奋地答道：“这是斯诺尔·图勒森的《王纪》，他是12世纪的著名冰岛作家，这是统治冰岛的挪威族诸王的编年史。”

“是吗？”我故作惊讶地说道，“那它一定是德文译本了？”

教授对不能快速理解他的想法的人会很急躁，这也是知识分子的通病。

“哼！”教授生气地回答说，“译本！译本算什么！这是冰岛文的原本。你不知道，这种语言有多么奇妙！”

“那不是和德文一样吗？”我高兴地说。

“是的，但是这种冰岛文与德文是有区别的。冰岛文像希腊文一样有三种词性，而且像拉丁文一样，名词是可以变化的。最难得的是，这还是卢尼文的手抄本！”

“卢尼文？”

“对！”他说，“就是过去在冰岛使用过的一种文字，而且据说，还是由古代天神奥丁所创造的呢！你来看看，欣赏欣赏吧，无知的孩子，这是天神脑子里创造出来的字体哩！”

叔叔知识渊博，简直让我佩服得五体投地。

污秽(huì)：不干净。

可是当我把书拿到手里，刚刚翻了几页，突然从书里掉出来一张污秽的羊皮纸。

“这是什么呀？”他嘟囔了一句，急忙把他眼里那弥足珍贵的宝贝捡了起来。

这一小块羊皮纸，长 5 英寸，宽 3 英寸，上面横向排列着一些像咒语似的看不懂的字体。就是这些字使得黎登布洛克教授和他的侄子，进行了 19 世纪最离奇的一次旅行。

预先设疑的写作手法，吸引读者继续阅读，一探究竟。

教授看了这几行字体足有几分钟，然后把他的眼镜推到额上，仰起脸来对我说：

“这是卢尼文，它的样子同斯诺尔·图勒森手抄本上的完全相同！可是……这些字是什么意思呢？”

我以为黎登布洛克教授应该能认得出这些冰岛文字，因为他是个通晓多国语言的学者。可是此时，要让他完全弄懂这些文字，对他来说还是有些困难的。

这时女佣马尔塔打开房门，来喊我们吃午饭了。

“什么午饭，赶快离开！”叔叔的火气又来了，“做饭的和吃饭的都走开！”

对科学家来说，弄明白某件事当然比一顿饭重要。

马尔塔赶忙离开了这个是非之地；而我也不愿久留，赶忙溜下楼去。

要知道这是教授生平第一次，为了一张旧得不能再旧的羊皮纸，放弃了可口的午饭。

“黎登布洛克教授不上桌子吃饭。”女佣马尔塔在旁说，“这说明将有重大事件发生！”

马尔塔对教授太了解了。

而我此时才吃了最后的一只虾，教授的叫喊声就又传来了。

第三章

令人困惑的密码

写在破旧羊皮纸上的卢尼文到底有什么秘密呢？教授不禁困惑起来。

“这显然是卢尼文，这里面也许有一个秘密，我要把它发现出来，否则……”说着，他做了一个猛烈的动作，挥动了一下他那强有力的拳头，“阿克赛，来，我说你写。”

我马上做好准备。

“现在，我要念出相当于这些冰岛文字的每个字母，你要认真听并记下来。我们要看看结果是些什么。可是，我向圣米歇尔保证：你可要小心，不许出错！”

我开始听他说话，并把内容记下来。我竭尽全力地记着，字母一个接一个地单独念出来，就成了下列的不可理解的文字：

mm. rnlls	esreuel	seecJde
sgtssmf	unteief	niedrke
kt,samn	atrateS	Saodrrn
emtnaeI	nuaect	rrilSa
Atvaar	nscrc	ieaabs
Ccdrmi	eeutul	frantu

dt,iac oseibo KediiY

当我把叔叔念的字母记完之后，叔叔立刻把我写过的这张纸抓过去，一动不动地看了很久，非常专心。

“这到底是什么意思啊?”他机械地自言自语道，“是我们所谓的密码吗？如果我们把它们排列适当，会不会发现里面有一种说明或隐意?”说完，他又拿起那本书和那张羊皮纸，把两者加以比较。

“这两个文件不是同一个人写的，”他说，“这个密码的写作年代是在这部书的之后，而且我找到了一个不可否认的证据。这个密码上头一个字母是“双 m”，那是在图勒森的书上找不到的，因为这个新字母要到 14 世纪才被加进冰岛文字里去的。因此，这个手抄本和这份文件的时间差至少有两百年。所以我联想到，大概是这本书的某一个收藏者写了这些神秘的字。可是，该死的，这个收藏者是谁呢？他为什么要在这羊皮纸上面写字呢?”

叔叔又把眼镜推到额上，拿起一个度数很大的放大镜，仔细地观察这本书的头几页。当看到第二页时，他发现书上有一些污点，像是擦去的一些字母。于是，叔叔拼命盯住这块污点，在他那大显微镜的帮助下，最后终于认出了这些记号。

“阿恩·萨克奴姗!”他用胜利的口气喊着，“这是个人名，而且还是个冰岛人名！这是 16 世纪的一位学者，一位著名的炼金术士呢!”

“可是，这位学者又为什么要把某种奇妙的发现隐藏起来呢?”我鼓足勇气问了一句。

“为什么？为什么？我怎么知道？可是，不管怎么样，我们会知道的；我要知道这个文件的秘密。为了发现它，我可以不吃饭，不睡觉。”

“哎呀！”我暗自忖度。

“现在，”叔叔又说，“我们必须找到这个密码的原文，而且要找到这种原文是属于哪一种语言的，这件事应该不困难。你看，在这封密码信里有132个字母，其中有79个辅音和53个元音。这差不多符合南欧文字中构词的一般比例，它应该是一种南欧语言。”

“可是它是南欧语言中的哪一种类型呢？”

“这个萨克奴姗，”叔叔没有正面回答我的问题，他接着说，“学问大极了。因此，在他不用母语书写的时候，他也许会用拉丁文来写，因为那是16世纪时文人常用的一种语言。对，我完全肯定，这就是拉丁文。只不过，它是混乱了的拉丁文。”

“好吧，”我想，“你要是把它们弄得不混乱了，那才算有本事呢。”

“让我们来研究研究，”他拿着我刚刚记录字母的纸说道，“这里是132个字母，很明显它们是无序排列的。有些字其中只有辅音字母，如第一个字mm. rnlls，相反，有一些字里的元音相当多，例如第五个字unteief，或倒数第二个字oseibo。这种排列明显是不符合语法规则的，是根据我们不知道的规律，按一定的次序排列起来的。看起来可以肯定，首先是写下正确的话，然后根据我们尚未发现的规律重新排列。能找到解这个谜的钥匙，就可以顺利地念出来。阿克赛，你有这把钥匙吗？”

我没有回答这个问题，我的眼光正停留在墙上的一个美妙的画像上，那是格劳班的画像——叔叔的养女，同时也是我的女朋友。在我眼里，这个漂亮的维尔兰女孩子简直太可爱了，她同我一起贴标签，一起钻研科学上的疑难问题，一起度过了那么多美好甜蜜的时光！我们甚至背着叔叔私订了终身。

我正凝神回想着我这个工作和游戏中的亲密伙伴，叔叔用拳头在桌上猛烈地一击，把我从沉思中带回现实。

“我们来看，”他说，“为了把字母弄乱，他首先想到的就是把原来横写的字母从上往下直着写。”

“是吗？”我想着。

“我们可以看看把那些横着的字母从上往下写，结果如何。阿克赛，在这张纸上随意写一句话，可是不要一个字母连一个字母写，而是依次把它们直着写下去，写成五六行。”

我明白了该怎么做以后，就立刻写下来：

J m n e，b
e e，t' G e
t'b m i r n
a i a t a!
i e p e u

“好，”教授看也不看就说道，“现在，把这些字母写成一横行。”

我依照他的话把这些字母写成横行。于是，就得到下列结果：

Jmne，bee，t'Get'bmirnaiata！iepeu

“好极了，”教授一面说，一面从我手里把这张纸拿了过去，“这看上去有点儿像那个古老文件的样了；这些子音和母音都排成一样的混乱形式；也有大写字在字的中间，标点也是这样，跟萨克奴姗的羊皮纸一模一样！”

我不得不承认叔叔的分析非常有道理。

“现在，”叔叔对我说道，“要念出你所写的话，至于你写了什么，我事先并不知道。但我要你将它们念出来。我只要将每一个字母按顺序排列好，然后以同样的方法将第二个、第三个字母联系起来，以此类推即可。”

“‘我真爱你，我的小格劳班！’天哪，阿克赛，你都写了些什么？”教授惊奇地问。

原来，我自己不知不觉、糊里糊涂地写下了这句泄露心思的话。

“啊，你爱上了格劳班！”叔叔用老师兼监护人的严厉口气问我！

“是的……不是……”我支吾着回答。

“啊，你爱格劳班，”他机械地重复说着，“好吧，我们现在就把这方法应用到有关文件上去吧。”

叔叔又回到他那极感兴趣的研究上去了，已经把我刚才下意识说的那句话给忘到了脑后。我说的那句话确实有所欠缺，因为学者的头脑不能理解有关爱情的事。但是还好，这个文件的重要性把他吸引住了。

在他要做这个重大试验的时候，黎登布洛克教授的眼睛透过眼镜发出光来。他的手指发抖，他又抓起了那古老的羊皮纸，非常激动，最后用力咳嗽一声，就用严肃的口气一个字一个字念下去。他让我写下了下列的字：

mmessunkaSenrA. icefdoK. segnittamurtn

ecertserrette，rotaivsadua，ednecsedsadne

lacartniiilu Jsiratrac Sarbmutabiledmek

meretarcsiluco YsleffenSnI

写完了以后，我必须承认我很激动。可是在我看来啊，这些字一个个排下去看来没有任何意义，于是我等待着教授嘴里庄严地说出一句漂亮的拉丁文。

但是，我未曾想到，他竟然猛地一拳击在桌子上，墨水溅出来了，我手里的笔被震落了。

“这不对，”叔叔喊着，“这没有什么意义！”

然后他像一颗子弹似的穿过书房，像雪崩似的下了楼梯，一直冲到科尼斯街，飞快地沿着科尼斯街向前奔去。

mm. rnlls esreuel seecJde sgtssmf unteief
niedrke kt，samn atrateS Saodrrn emtnaeI
nuaect rrilSa Atvaar. nscrc ieaabs ccdrmi
eeutul frantu dt，iac oseibo KediiY

解开密码

第四章

羊皮纸上的秘密被阿克赛偶然发现了，可是他却不想让教授知道。这是为什么呢？

我现在一个人在这里。正当我在考虑要不要去找格劳班的时候，一位贝桑松的矿石学家把他搜集的石英含晶石送来，需要分类。于是，我开始工作起来。我研究它们，贴上标签，把这些中空而闪耀着小块水晶的石头放在玻璃匣里。

说实在的，这个分类工作我并不太感兴趣，而那个古老的奇怪文件，此时正在牵引着我。我的头脑十分混乱，有一种隐隐不安的感觉，就像要有一场重大变故似的。

叔叔会胜利而归还是失望而归？那秘密能否被揭开？我这样问着自己，然后，无意中又拿起那张纸，上面排列着那些我写下来的不可理解的字母。我重复说着：

“这是什么意思呢？”

我想把这些字母组成一些词，但却无法遂愿。我把它们两个、三个、五个、六个组合在一起，但它们还是完全不可理解；其中第十四、十五和十六个字母在一起组成了英文的 ice（冰），而第八十四个、八十五个和八十六个字母又组成了英文的 sir（先生）。最后，在文件当中，第二和第三行间，我又可以看到拉丁文的 rota（轮），mutabile（能改变的），ira（怒气），nec（不）和 atra（残忍）。

“真是见鬼了，”我想，“这些拉丁文词像是在证明，我叔叔关于密码信所用之语言的假设是正确的。”同时，在第四行，我又看到了一个字，luco，它的意思是“神圣的森林”。还有在第三行可以看到这个字 fabiled，看起来完全像希伯莱文。最后一行有 mer（海），arc（弓），mère（母亲）几个字，这些又完全是法文了。

我是在同一个不可解决的困难做斗争。我的头脑发热，我的眼睛冒火；这 132 个字母好像在我面前飞舞着，像是一颗颗星星在跳动闪烁着，简直让我血液沸腾。

我陷入一种梦幻状态，我喘不过气来，我需要空气。我机械地拿起这张纸来当扇子扇风，这张纸的正面和反面都在我眼前出现。

在这急促的动作中，有一次，纸的反面突然在我眼前一闪，我非常惊讶地看到了一些完全可以辨认的字，一些拉丁字，其中有craterem（火山口）和 terrestre（地球）。

我的眼前突然一亮。这些词使我隐约看到了一把钥匙：我发现密码的规律了。要念懂这个文件只需要从后往前念！这样就可以顺利地读下去。

教授的聪明假设实现了；他对密码信所运用的语言认定以及对字母的排列组合，完全是正确的。他只需要再加一点儿东西就可以念出这句拉丁话，而这一点恰好被我无意中得到了！

你们可以想象我是多么激动！我的眼睛看不清楚，我不能读下去，我把这张纸摊在桌子上。因为只要一看就可以解答这个秘密了。

我终于平息了心中的那份激动。我命令自己在房里走两圈来平定我的紧张情绪，然后又坐在那大椅子上。

“现在念吧!”我喊着，首先深深地吸了一大口气。

我伏在桌上，用手指着每一个字母，一点儿没有阻碍，没有迟疑，我就高声朗诵出全部句子来。

读完之后，我是多么惊讶和恐惧啊！我呆呆地坐在那里，好像突然受了一次打击。“什么？我所听到的是什么声音啊！一个人能那么大胆敢下到那里吗……”

“啊!”我跳起来叫着，“不能，不能！不能让叔叔知道这件事！要是他知道了，一定会去尝试这种探险的！他会打算试一下的！没有任何东西能阻拦他！像他那样固执的地质学家！他无论如何总要去的！而且他要带我去，那可就糟了，我们就再也回不到人世来了！永远回不来了!”

我心情惶恐、激动，难以平复。

“不能，不能！绝不能让他知道，”我坚决地说，“我既然能够阻止这个乖戾的人知道这件事，我就要这样做。他如果把这张纸反复地、颠来倒去地审视研究的话，他迟早会发现这个秘密的。我干脆把它毁了吧!”

壁炉里还有一点儿余火。我不但拿了这张纸，而且还拿了萨克奴姗的原稿；我正颤抖着双手要把这一切都投到火里、毁去这危险的秘密时，书房的门突然被打开了。叔叔回来了，我赶忙把那该死的密码信放回去。

第五章 教授的决定

阿克赛把羊皮纸的秘密告诉了教授，教授的激动无以复加。

黎登布洛克教授径直走进书房坐下来，在长长的三个小时里，一直在专心研究，头都不抬，只是一个劲儿地在纸上写了又写，没完没了。

我很明白，如果他能把这些字母按照合适的位置排起来，他就能念出这个句子。但我也知道，仅仅二十个字母就有着2432928166640000种排法，难度简直无法想象。

时间一分一秒地过去，外面喧嚣渐息，叔叔仍俯身在案上，不停地计算着、数着、念着。

第二天早晨，当我醒来的时候，发现这位不知疲倦的教授仍在工作。他的眼睛通红，脸色苍白，在这漫长的一夜里，他忍受了多大的疲倦，损伤了多少脑细胞啊。

现在，我开始可怜他了。我的心渐渐地充满了怜惜。

而我此时，只需要说一句话，就足以让他那紧绷着的神经松懈下来。可是，我不能说，如果说出来，他就会去那个地方冒险，而且没有任何东西能够阻止他。那艰难的冒险，说不定还会以生命为代价，我可不愿意害了他。

于是，就这样决定——我要袖手旁观。但是我没有估计到这时发生的一件事情。

当马尔塔要出门到市场买菜的时候，她发现大门被锁起来了，大门钥匙也不在门上。是谁拿去了呢？显然是叔叔昨天晚上在外面散步，匆忙回来的时候把钥匙随便拿走了。

是他故意这样做的吗？还是偶然的事？看来，这天的午饭又要像昨晚的晚饭一样，被免了。

马尔塔此时却非常伤心，她可不愿意身在人间却不食人间烟火。

就这样挨到了将近晌午，我的肚子已经在咕咕地叫了。马尔塔在昨天晚上已经不假思索地把剩下的饭菜都吃光了，家里一点儿东西也没有。可是我坚持下去，要做一个英雄好汉。

下午两点钟了，情况变得荒谬不可忍受，我把眼睛睁得大大的。我开始对自己说，自己对这封密码信的作用有些夸大了，叔叔不会相信它的。他将认为这是一种荒谬的意见，即使他要去冒险，也可以阻止他的；而且，如果他自己发现了这个谜语的钥匙，我岂不是白白饿了一顿？

昨晚，我对自己的这些想法还嗤之以鼻，可现在看起来，却是非常有道理的。我认为完全没有道理要等待这么长的时间，于是，我决定要告诉他。“叔叔，”我说，他好像没有听见。“黎登布洛克叔叔！”我高声地又叫了一次。

“哦？”他好像突然才醒过来。

“啊，那钥匙？”

“什么钥匙？门上的钥匙吗？”

“不是，”我喊着说，“文件的钥匙！”

教授从他眼镜上方看着我；他显然看到我的表情有点儿特殊，因为他用力抓住我的胳膊，但没有说话，只用眼光询问着我。他的疑问表达得非常清楚。

我点了点头。

他摇了摇头，带着怜悯的表情，好像我是个傻子似的。

我更肯定地点了点头。

他的眼睛闪着强烈的光芒，他更加用力地抓住我的胳膊，说不出话来，光用目光在询问我。

“是的，秘诀！我偶然……”

“你说什么？”他激动无比地嚷道。

“看。”我说，一面把我写过字的那张纸交给他，“你自己念吧。”

“这有什么可念的呀！”他答道，并把那张纸也揉皱了。

“如果你从头念，那是念不出什么意思来的，不过假使你从后面念起——”

我还没有把话说完，教授就发出喊声，或者可以说是吼声！这是想不到的事，他的容貌也变了。

“聪明的孩子！”他叫道，“原来你是把话反过来写呀！”

他抓过这张纸，两眼模糊，声音断断续续，拿着纸，自下而上地读完了全部文件。文件可以用下面几个字来表达：

In Sneffels Yoculis craterem kemdelibat umbra Scartaris Julii intra calen dasdescende, audas viator, etterrestre centrum attinges.

Kodfeci, Arne Saknussemm.

这些原始的拉丁文可以译成：

7月之前，斯加丹利斯的影子会落在斯奈弗·姚可约库尔火山口。从该火山口下去，勇敢的旅行者，可以下到地心深处。我已经到过那儿了。

阿恩·萨克奴姗

念完以后，叔叔突然跳了起来，仿佛意料不到地触了电。他的勇气、快乐和信心都增加了，他在这里打一拳，那里拍一下。最后他的神经安静了下来，仿佛一个精疲力竭的人那样重新倒在椅子里。

“什么时候了？”安静了几分钟以后，他问道。

“3点钟，”我答道。

“是吗？我饿了。我们吃饭去，然后再——”

“怎么样？”

“然后准备行装。”

“什么？”我叫道。

“也给你自己准备。”冷酷无情的教授说道，一面走进了餐室。

第六章 激烈的讨论

教授要按照羊皮纸上的指示，通过火山口下到地心去，这令阿克赛难以理解。于是，一场辩论开始了……

听叔叔这么一说，我不禁猛地一颤，冒险势在必行。这太可怕了！不行，我要拿出很有力的科学论据，来说明这种旅行是不可能的。到地球中心去！多么疯狂的想法啊！

教授心中没有“疯狂”这个概念，他只有对科学的探索。

吃饭后，他做了一个手势叫我跟他到他的工作室去。我听从了。

“阿克赛，”他温和地说，“你是一个非常聪明的孩子，正当我因为看不到希望而想放弃这件事的时候，你帮了我一个大忙。孩子，你将和我一同分享我们就要得到的光荣。”

“好！”我想，“他现在的心情不错，这正是和他讨论他所谓光荣的好时候。”

“最主要的，”叔叔重新说道，“我要绝对保守秘密。你知道吗？我有很多劲敌，他们很想做这样一次旅行，可必须让他们步我们的后尘。”

“你以为，”我问道，“真有许多人想冒这种险吗？”

趋(qū)之若鹜(wù)：像鸭子一样成群地跑过去，比喻许多人争着去追逐。

“当然啰！能得到这种荣誉，谁不趋之若鹜？如果这个文件公开了，就会有大批地质学家立刻想去追寻阿恩·萨克奴姗的踪迹！”

“我并不肯定这一点，叔叔，因为我怀疑这个文件是否确实。”

“什么！这是从那本书里发现的呀！”

“我也相信那些字是萨克奴姗写的，可是这并不能说明他真做过这次旅行。这张羊皮纸会不会是故弄玄虚啊？”

叔叔的嘴角露出了一丝笑意，显然他根本不相信我的话。

“好吧，我首先要知道姚可、斯奈弗和斯加丹利斯的意义；我从来没有听到过这三个名字中的任何一个。”我又接着说。

这句话充分证明教授对工作、对科学极端认真的态度，因为偶然需要一本工具书，他马上就能说出其具体位置，而不是逐个去翻找。

“你把图书馆第二室第四个书架上Z字部的第三本地图拿给我。”

我站起身来，准确地找到了叔叔所说的地图。叔叔打开地图说道：

“这是安德生收藏的冰岛最好的地图之一，我想它可以解决你的困难。”

我弯着身子看地图。

“你看这些火山，”叔叔说道，“注意它们都叫姚可，这个字的意思是冰河。冰岛纬度很高，那里的火山爆发大部分发生在冰层中，所以这个岛上的火山都叫作姚可。”

“哦，”我说道，“那么斯奈弗是什么意思呢？”

我满以为这个问题不会得到答复，但是我错了，叔叔答道：

“看这儿：冰岛的西部海岸。你看见冰岛的首都雷克雅未克了吗？再顺着受海水侵蚀的海岸旁的这些数不清的峡湾往上看，注意纬度65度下面一点儿的地方，你看见什么东西了吗？”

“一座半岛，宛如一根没有肉的骨头，顶端好似一根巨大的膝盖骨。”

很形象的比喻，说明“我”的思维很活跃。

“你的比喻很恰当，我的孩子。你在这块膝盖骨上看见什么没有？”

“看见了，一座好像伸到海里去的山。”

“对！这就是斯奈弗。”

“斯奈弗？”

“对，就是它，这座山高约5000英尺，是冰岛最有名的山峰之一。如果通过它的火山口走进地心的话，那它就成为世界上最著名的火山了。”

“但这是不可能的！”我反驳道，“火山口堵塞着熔岩呢！”

“如果它是一座死火山呢？目前火山中，有许多是死火山，斯奈弗就是其中一个。根据记录，它只在1219年喷过一次火，此后它一直是完全熄灭的。”

言之凿（záo）凿：所说的话明确、真实。凿，明确；真实。

叔叔言之凿凿，我无言以对。我只好把话题转到文件的其他疑问上。

“斯加丹利斯是什么意思呢？”我问道，“还有，7 月这个月份怎么会夹进来呢？”

叔叔考虑了几分钟，使我产生了瞬间即逝的一线希望，然后他答道：

陷口：这里指火山喷发出口。

“你所提的疑点，对我来说却是一种启发。这证明萨克奴姗机巧谨慎地把严正的教训给了我们。斯奈弗有好几个陷口，为了指出通向地球中心的那一个陷口，这位聪明的冰岛人利用了观察的结果。6 月底，将近 7 月的时候，这座山的一座山峰——斯加丹利斯的影子正好是落在那个陷口上。难道还有比这更准确和有帮助的吗？这样，到了斯奈弗山顶以后，我们就不用犹豫该走哪一条路了。”

我用三个排比句坚持自己的见解。

“好吧，”我说，“我不得不同意你的说法。萨克奴姗写的这句话是清楚的，没有任何可疑的地方。我也承认密码信之可靠性。这位学者确实去过斯奈弗山；他的确看见过斯加丹利斯的影子，在 6 月底的时候所射到的火山口；他也真的从当时的神怪故事中听说过通向地球中心的陷口。但至于下去以后又能生还，这是不可能的，绝对不可能！”

“为什么不可能？”叔叔带着轻微的嘲笑口吻问道。

“因为按照所有的科学理论，这件事情是绝无可能的。”

"哦，科学理论能证明这一点吗？糟糕而陈腐的理论，多么讨厌啊！"

我发现他在揶揄我，可是我继续说道：

揶揄(yéyú)：嘲笑，讥讽。

"是的，众所周知，从地球表面往下，每下去70英尺，温度就上升1摄氏度，如果这一说法仍然正确，地球的半径有4000英里，那么地球中心的气温就是大约二百万度。那里的一切都像白热化的气体，因为金子、白金和最硬的岩石都不能抵抗这种高气温。所以我想问问，跑到那种地方，可能吗？"

"那么只是气温使你有所顾虑吗？"

"当然，我们只要下去30英里，就到了地壳的底层了，因为那里的温度已超过1300度了。"

"你是不是怕被熔化了？"

"我让你去决定这个问题好了。"我发着脾气回答道。

"那么就让我来回答你好了。"教授带着优越的神气说，"你和任何人都不知道地球内部的情况。因为我们只穿过了地球半径的千分之十二而已，以下的就不甚了了。可是我们知道，科学理论是不断地在改变和完善的。在傅立叶之前，人们不是一直相信星际空间的温度在不断地递减吗？而今天我们却已经知道，宇宙间最冷地区的温度没有超过零下40度或50度。因此，地球内部的温度不也是如此吗？它可能到达一定的深度以后，温度也会达到极限，不会继续攀升，致使最耐热的金属

不甚了了(liǎo liǎo)：不太了解，不怎么清楚。

也会被熔化掉。”

固执的教授可不是那么容易被说服的。

叔叔既然把问题放到假想的领域去了，我就没有什么话好回答了。

“我要告诉你，有一些学者包括波瓦松在内，已经证明，如果地球内部真的存在约有二百万度的高温的话，从熔解的物质所产生的白热气体就会具有一股地壳所不能抵御的弹力，地壳就会像汽锅的外壳那样由于蒸汽的作用而爆炸。”

“这只是波瓦松的看法罢了，叔叔。”

“不错，但是别的著名的地质学家也认为，地球内部既不是气体也不是水，更不是我们所知道的重石块。因为如果是这样的话，地球就要比现在轻两倍。”

“啊！数字是可以让人随心所欲地想证明什么就证明什么的。”

“但是从事实来看，不也是这样的吗，孩子？火山的数目不是一直在减少吗？我们为什么不能由此得出结论，说地球内部如果有热，它也在不断地降低？”

教授想利用一切论据说服“我”。

“叔叔，要是你尽谈一些假设，我就不再跟您讨论下去了。”

“但是我必须告诉你，有一些非常博学的人的看法和我的看法是一致的，你还记得1825年著名的英国化学家亨夫莱·达威对我的那次登门造访吗？”

幽默的说法。

“一点儿都不记得，因为那是在我出生前19年的事情。”

“亨夫莱·达威是在路过汉堡的时候来看我的。我们交谈了很长时间，也曾谈到地球内部是否由液体组成的问题，可我们二人都认为这种假设是不可能成立的。我们的理由，在科学上还没有什么论证可以驳倒它。”

“什么理由？”我有点儿好奇地问。

“如果地球内部是液体的话，那这种液体就会像海洋一样受到月球引力的影响，那么在地球内部每天都得有两次潮汐。而地球在潮汐的掀动之下，会引发周期性的地震。”

潮汐(xī)：通常指由于月亮和太阳引力而产生的水位定时涨落的现象。

“然而地球表面发生过燃烧是很明显的事，所以可以假设地球的外壳最先得以冷却，则内部仍蕴藏着热量。”

“这是错误的，”叔叔回答道，“地球变热是因为表面的燃烧，而非其他原因所致。这层地壳大部分是由某些金属如钠和钾所组成，钠和钾一遇到空气和水就能起火；每逢下雨的时候就起火了，而且当水穿过地壳的裂缝的时候，地球表面就进一步地氧化，造成了爆炸和火山爆发。这就是地球形成初期有无数火山的原因。”

“多么聪明的假设！”我有点儿情不自禁地喊道。

“这是亨夫莱·达威提出来的，他用一个很简单的实验证明了这个说法。他用钠和钾做了一个圆球，并且让水珠落在球面上的一点。这一部分立刻膨胀，形成一

说明教授的博学和论述有据。

座小山，随后火山爆发也发生了，整个球变得很热，热得不能用手拿了。”

说心里话，我已经被教授的论据给说动了，而且，他通过自己的激情和活力使得自己的论据被描述得生动感人。

对问题探究的欲望让教授急不可耐。

“你看，阿克赛，”叔叔接着说，“地质学家们对于地心的状态有着种种不同的假设。关于地心存在热量的假设也没有任何证明。据我看来，它是不存在的，也不可能存在。关于这一点，我们以后会知道的，我们会跟阿恩·萨克奴姗一样搞清楚这个问题的。”

“对！我们会搞清楚，会亲眼看到的——如果到了那里能看得见东西的话。”我回答道。

“为什么不能？那里可能会有电的现象，那么就会有光，会照亮我们；甚至在接近地心的时候，还可以借助大气压力的作用，也能发光。”

“不错，对！”我说，“这是有可能的。”

胜券（quàn）在握：有胜利的把握。

“当然可能！”叔叔胜券在握地说，“可是不许声张，对于每一点都不许声张，别让任何人比我们先到达地心！”

情境赏析

教授心中根本没有“疯狂”这个概念，但一旦下定决心，尤其是关于科学研究和探险的，恐怕没有谁能够说服乃至于阻止他，所以

“我”才会感到万分惊恐和沮丧，但又毫无办法。

名家点评

凡尔纳受大仲马影响之深，就文学而言，他更应该是大仲马的儿子。

——（法）小仲马

第七章 离别前夜

因为拗不过教授，阿克赛最终还是要到地心去。可是，这将会是一个什么样的旅程呢？

三个排比的连续问句表明了“我”的担心和恐惧。

等我静下心来，我才认真地想了想这件事：叔叔要到地心去的这个决定是真的吗？我刚才听到的那番话是一个疯子的胡言乱语呢，还是一个天才的科学推断？这一番话，哪些是真实可靠的，哪些是虚假错误的？

不过有一点我记得，那就是我好像已经被说服了，如果是这样的话，我情愿马上就能动身，这样我就没有时间可犹豫了。

痴迷于科学者往往很难被人理解。

但是另一个声音又在我脑海里叫着：“这简直荒唐！这毫无意义！多么可笑的计划！”

心烦意乱之时，我离开了城镇，去找我的小格劳班。

“格劳班！”我一见到她就喊道。

这女孩子停了下来，显然由于在马路上听到有人喊她的名字而感到有些诧异。

“怎么了，阿克赛？”她惊奇地叫道，“你看上去很不安。”

我只简单地说了几句，聪明的格劳班就明白了所有的事情。她静默了几分钟，不管她的心是不是像我的心一样地跳动，但是她那被我握着的手却并没有颤抖。

“阿克赛！”她终于开口对我说道，“我想，这一定是一次伟大的旅行。”

听她这么说，我不禁大为惊奇。

“没错，阿克赛，你不要辜负科学家的侄子这个称号。一个人能做出一件别人做不出的大事来，那是很了不起的！”

原来，世界上不仅有“科学家”，还有“科学家的侄子”这个称号！这是幽默的说法。

“难道你不阻止我参加这次远征吗？”

“不反对，亲爱的阿克赛，如果你和叔叔不嫌弃我这个女孩子的话，我非常乐意与你们前往。”

“你说的是真话？”

“是真话。”

哦，这个女孩子正在鼓励我参加这次疯狂的远征，而且还毫不惧怕地自己也要冒一次险。虽然她正在怂恿我去做这件事——但是她确实是爱我的。

所谓“近墨者黑”，格劳班是不是受“疯子教授”影响太严重了！

“好吧，格劳班，”我答道，“我们倒要看看你明天是不是也这样说。”

“明天，亲爱的阿克赛，我的话将完全和今天的一样。”

我们手挽着手继续走着，默默地往前走着。白天的激动已使我感到十分疲惫。我自己想着：“反正7月份还早着呢，说不定这段时间还会发生许多事呢！”

我们到达科尼斯街时，天已经黑了，我以为叔叔会像平常那样早早地就上床就寝了。

可是，进门的时候，我却看到叔叔正在四处忙乱，向那些在门口卸货的工人发号施令；马尔塔跟在旁边团团转，简直不知如何是好。

“快，阿克赛，”他一看见我就喊道，“你的行李袋还没有整理，我的证件也没办齐，我行李袋的钥匙找不到了，我的护腿还没有送来！”

我大吃一惊，话也说不清楚了：“我们现在就走吗？”

“当然！”

“我们这就走？”我无力地重复着。

“是的，首先你要知道是后天走。”

教授总是出人意料，他这次又让“我”大吃一惊。

我听不下去了，我逃进了我的小房间。毋庸置疑，叔叔整个下午都在收拾这次远征所需要的东西，石子路上堆满了绳梯、火炬、长颈瓶、铁镐、尖端包铁的棒，等等，够十个人搬的！

因为“我”想到，可能马上就要“送命”了！

我熬过了一个可怕的夜晚。翌晨，我很早就被格劳班温柔的叫声惊醒了。

我开开房门，走了出来，希望我那因失眠而苍白的脸色和红红的眼睛，能改变格劳班的主意。

“啊，亲爱的阿克赛，”她说道，“我知道你现在好些了，昨天一夜已经使你镇静下来了。”

听到她的话，我立即冲到镜子前一看，脸色还真的没有自己想象的那么凄惨，我简直无法相信。

“阿克赛，”格劳班说道，“我已经同教授详细地谈了一番。他真是个了不起的人物，一个勇敢的学者。他已经把他的计划、打算以及为何与如何达到目的，统统地告诉了我。我敢肯定他一定会获得成功的。啊，亲爱的阿克赛，一个人能全身心地致力于科学，多美呀……”

她的话使我振作起来，可是我还有些踌躇。于是，我把她带到教授的书房里。

踌躇(chóuchú)：犹豫。

我说道：“我们真的快走了吗？”

“当然，怎么了？”

“嗯，我只是想问一问，干吗这么着急呀？今天才5月26日，我们得等到6月底……”

“嗳，如果我们一直等到6月22日，那就太晚了，也看不到射在斯奈弗陷口上的斯加丹利斯的影子了；所以我们应该尽快地到达哥本哈根，看看我们究竟能看到些什么。快去准备你的行装吧！”

嗳，多音字，此处读ǎi，表示不同意或否定。

既然如此，还有什么话好说呢？我由格劳班陪同着回到我的房间。她的两只小手不紧不慢地在帮我整理着东西。

很快，一切整理完毕，小箱子的皮带扣好了。我走下楼去。

就在这整整一天中，叔叔也让可怜的马尔塔忙得团团转。

跟在急脾气的家伙身边总是很累。

“明天早晨，”叔叔说，“我们6点整出发。”

一夜无眠。

清晨5点，我拖着疲乏的身子醒来。马尔塔已经准备好了早饭，但我一口也吃不下。

五点半钟的时候，一辆大马车已经停在门口，不一会儿，马车里就堆满了叔叔的行李。

就如同“押赴刑场”一样实在是无奈。

看来我是非去不可了，我只好机械地把我的旅行袋从楼梯上滑下来。

叔叔郑重其事地把房屋的管理权委托给格劳班。这个美丽的亲人和从前一样镇静，她吻了一下他的监护人，同时也忍不住掉下了眼泪。

“格劳班！”我喊道。

“去吧，亲爱的阿克赛，”她说道，“这很有意义。”

我俩紧紧地拥抱在一起。不一会儿，我就上了马车。两匹马立刻向阿尔童纳驰去。

情境赏析

担心和恐惧让“我”夜不能眠，看来我几乎不可能改变任何发展方向了。但更让“我”无比惊恐的消息又一次打晕了“我”，竟然两天后就出发！“我”内心无限悲伤，想想那前途未卜的危险旅程；“我”几乎可以肯定这就是一趟“送命之旅”！最终，“我”不得不失魂落魄地上了马车。

名家点评

儒勒·凡尔纳是我一生事业的总指导。

——（美）西蒙·莱克

第八章 辗转

尽管阿克赛头晕目眩，叔叔却不为所动，他一连命令自己的侄子上了五天的眩晕课。

7点钟，我们已经面对面地坐在火车的一节车厢里，只听汽笛一响，我们的旅程就开始了。

我扭头望向车外，一句话也不想说。叔叔一直在特别仔细地检查他的钱包和旅行袋——他已经准备了可能需要的每件东西。

他的物品中，有一张折叠得很仔细的纸，纸上有丹麦的国徽以及教授的一位朋友——丹麦驻汉堡领事克里斯丹孙先生的签字。这张纸很重要，可以使我们在哥本哈根得到很多便利，也可以让我们拜会冰岛总督。

出发以后三小时内，火车就在基尔——海的尽端——停下了。

我们的行李一直登记到哥本哈根，所以我们没有再遇到麻烦。但叔叔还是焦急地注视着行李装上汽船，装到舱底，生怕有什么闪失。

由于忙中出错，叔叔把火车换乘汽船的时间弄错了，害得我们白白地浪费了一天的时间。艾尔诺拉号汽船要到晚上才开，我们被迫要等九个小时。在这漫长的等待中，脾气急躁的教授把轮船和铁路公司以及放任不管的政府骂了个够。

晚上 10 点钟，艾尔诺拉号的烟囱里冒出了滚滚的浓烟，汽船出发了。夜色沉沉，微风轻拂，一座灯塔把汹涌的浪涛照耀得光彩炫目。

早晨 7 点钟，我们在考色尔上了岸，该小城位于丹麦东部的西兰岛西海岸。

我们在考色尔换上了另外一列火车。乘火车去丹麦首都哥本哈根需要三个小时，这期间叔叔性急难耐，恨不得下去推着火车快跑。

早晨 10 点钟，我们终于在哥本哈根下车，不一会儿就来到了布莱德加脱的凤凰旅馆。

安置好行李以后，叔叔带我去找北欧博物馆的馆长汤孙先生，他也是那位驻汉堡领事的朋友。一般来说，学者之间的交往总是淡淡的，汤孙先生则不然，他十分热情地接待了我们。我们立即无话不谈，几乎用不着保守秘密，更用不着假称我们只是去冰岛观光。

汤孙先生热诚之极，他亲自带我们前往码头，寻找开往冰岛的船只。我心存侥幸，希望找不到任何前往冰岛的船；可未曾想，竟有一条丹麦小帆船，名为伏尔卡利号，将于 6 月 2 日驶往雷克雅未克。更不走运的是，那可恶的船长布加思看透叔叔的急切心理，居然趁火打劫，要我们付双倍的船费。当然，钱对于叔叔来说，也不过是小事一桩。

“星期二早晨 7 点钟上船。”船长一面将不菲的钱装进口袋，一面说。

谢过汤孙先生的照顾后，我和叔叔又回到了凤凰旅馆，叔叔一路上兴奋地感慨着旅行的顺利。

我们步行走到孔根斯尼托夫广场，这是一块空旷地，没有形状。

广场上站着一名岗哨，还架设着两门没有任何意义的大炮。

吃了一顿法国餐后，我像个孩子似的，高高兴兴地在城里逛了一圈；可叔叔却在一旁无心欣赏，他什么也不看——既不欣赏那美丽的17世纪大桥，也不浏览罗森伯格皇家城堡的微缩模型，甚至连城墙上的巨大风车也不以为然。

唉，如果美丽的格劳班在我身边，陪我一起漫步港口，那该有多美呀！

这时，叔叔被哥本哈根西南角的阿马克岛上一所教堂的尖顶给吸引住了。

他命令我和他一起前往教堂。我们登上了一艘在运河中行驶的小汽船，不一会儿就到了船坞码头。

狭窄的道上，身穿黄灰相间囚服的犯人们正在看守的监督下做着苦工，我们穿过几条马路，到了费莱瑟教堂。教堂外有一架楼梯，从平台蜿蜒而上，直抵钟楼尖顶。

“我们上去。”叔叔说。

“会头晕的！”我答道。

“孩子，别浪费时间。”

我不得不服从命令。叔叔步伐矫健，我则胆战心惊地跟在后面。然而，我们在里面登上楼梯时，一切都很顺利；一直走上150级以后，风就迎面吹来——我们已经到达了尖顶的平台。这时候我们要开始登外面的楼梯了，楼梯只安有细细的铁栏杆作为防护，台阶越高越窄，似乎延伸到了宇宙空间。

“我上不去！”我喊道。

“你是懦夫啊？跟我往上爬。”教授毫不怜悯。

我无可奈何地用手抓紧栏杆，跟着叔叔爬了上去。风吹得我昏昏沉沉。我真的害怕极了，不自觉地闭上了双眼。

最后，叔叔的手抓住了我的领口，硬给我拽上了钟楼顶端的圆球边。

“喂，”他说，“往下看！你应该学习登高俯视。”

我不得不睁开眼睛。只见下方的房屋扁平扁平的，好像被云压塌了一般。白云在我头上飘飞着，由于错觉，我觉得它们都是飘在空中静止不动的。而尖顶、圆球和我都以一种难以置信的速度向前飞奔着。远处白帆点点，在云雾中的瑞典海湾依稀可辨。

叔叔叫我站直了，向四周眺望。这是我平生第一次上晕眩课，这堂课足足上了有一个小时。当我终于获释，回到地面，两脚踩在坚实的人行道上时，我几乎要瘫倒了。

“我们明天继续。”教授面无表情地说。

就这样，类似的练习课我一连上了五天。

第九章 初识冰岛

在雷克雅未克以外的法克萨港口，阿克赛欣赏着美丽的冰岛风光，暂时忘记了令他恐惧的地心旅行。

该出发了。

6月2日早晨6点钟，我们宝贵的行李被装入伏尔卡利的船舱，船长把我们带到略微显得狭窄的尾部。

伏尔卡利是一条很好的帆船，但是坐在帆船里的任何一个人都不能肯定会遇到什么。这条船专门往雷克雅未克运送煤、日用品、陶器、羊毛衣和小麦；船员共五名，全部都是丹麦人。

几分钟以后，船便扬起了全部船帆，向大海驶去。一小时后，丹麦的首都已经隐没于远处的波涛之中。

“要多久才能到达?”叔叔问船长。

“十来天，如果在穿过弗罗埃时不遇到太多风暴的话。”船长回答说。

傍晚时分，帆船绕过丹麦北端的斯卡根海角，夜间又穿过了斯卡格拉克，接近了挪威南端的林德奈斯海角，并且到达了北海。两天以后，我们便驶抵彼得黑德附近海面，看到了苏格兰海岸。汽船穿过奥克尼和设得兰两大群岛，径直向费罗群岛进发。

8号那天，法罗群岛最东面的岛屿——米刚奈斯岛已经映入眼帘。这以后，船就一直驰向位于冰岛南岸的波得兰海峡。

全段航程没有任何奇特可言，我基本上没有晕船，可是叔叔却完全被晕船折磨，这使他大为不悦。

11日，我们驰过了波得兰海角。天气晴朗，高处的米杜斯·姚可清晰可见。海角由一座挺拔的小山组成，山坡陡峭，孤零零地耸立在海滩上。

13日，伏尔卡利号在雷克雅未克以外的法克萨港口抛锚。教授终于走出了船舱，脸色有点儿苍白，但仍旧很兴奋，两眼显出满意的神色。

镇上的居民聚集在码头上。他们对来往的船只都很有兴趣，因为大家都可以从船上买到点儿东西。

叔叔赶紧离开这个浮在水面上的“监狱”，但在走下甲板之前，他拉着我，指给我看北面的一座高山：那里有两座山峰，终年积雪。

“斯奈弗！”他喊道，“斯奈弗！”

说完，他便以手示意我不要声张，然后，我们便踏上了冰岛的土地。

我们见到了身着将军服的冰岛总督特朗勃先生。叔叔连忙把来自哥本哈根的介绍信交给他，并用丹麦语与他进行了一次简短的谈话。市长芬孙先生也热情地接待了叔叔。

另外，我们还遇到了一位十分讨人喜欢的自然科学教授，名叫弗立特利克孙。他热情地把自家的屋子交给我们使用。我们立刻将行李搬了进来，安顿好。

叔叔如释重负地对我说：“现在最困难的事情也解决了！”

“最困难的事情?”我问道。

“当然,”他回答,“接下来就是往地下走了!”

“那倒是,可是,下去之后怎么上来呀?”

“哦!别管那些。来吧,别浪费时间。我要去一趟图书馆,那里可能有萨克奴姗的手稿,要是能查阅到一些资料的话,那就太好了!”

我不想一起去,只好漫无目的地在街上溜达。

雷克雅未克位于两座小山之间,地势低平,且多沼泽。城市一边为一大片火山熔流所覆盖,另一边则是宽阔的法克萨海湾,海湾北岸是巨大的斯奈弗冰山。

不到三小时,我便将整个城市及其四周逛了个遍。整体而言,这个城市太单调乏味了。没有树木,也没有花草,到处遍布着火山石那尖利的棱角。当地居民的茅屋是用土和草盖起来的,墙往中间倾斜,好像是些直接放在地上的屋顶。不过这些屋顶却是肥沃的田野,由于屋里散发了的热量,屋顶上的草倒长得郁郁葱葱的。

散步的时候,我很少看到什么人。可回到商业街时,却看到很多人都在晒、腌和包装他们的主要出口货——鳘鱼。居民们面无表情,大多数人身穿宽大粗糙的羊毛外套,当地称作“瓦特墨尔”,另外还有一顶宽边帽、一件红色滚条长裤和一块折叠成鞋状的皮。

散步回来,我看见叔叔和我们的房东在一起。

第十章 与冰岛教授的谈话

冰岛有许多值得探究的山峰、冰川与火山，这引发了教授极大的兴趣。

吃晚餐时，弗立特利克孙先生立刻就问起叔叔在图书馆里查到了什么。

“你们的图书馆啊，”叔叔喊道，“书架上只有几本零零星星的书，少得可怜。”

“哦，黎登布洛克先生，书都被借到全国各地了；在我们这个古老的冰岛上，人人都喜欢看书学习，连农民和渔夫都能识文断字。要知道，书是用来看的，而不是摆设。”

“那么，”他接着又说，“告诉我您要找什么书呢？或许我可以帮上您的忙。”

叔叔颇为犹豫，不过，他稍加考虑之后，还是回答说：“你那些古书里面，有没有阿恩·萨克奴姗的著作？”

“阿恩·萨克奴姗？就是那位 16 世纪的学者，那位伟大的博物学家、炼金术士和旅行家？”

“没错。”叔叔仿佛遇到了知音，又说道，“你有他的作品吗？”这时候他的眼睛炯炯有神。

“不，没有。”

“冰岛竟然没有他的书？”

“任何地方都没有。因为阿恩·萨克奴姗当时被当成异教徒处以死刑了；他的作品都在哥本哈根被绞刑吏烧光了。”

“这真是太好了！”叔叔的喊声令冰岛的教授惊异不已。

“您在说什么呀？”这位冰岛教授说道。

“我现在知道萨克奴姗为什么要把自己的秘密藏在密码里面了，因为他害怕遭到排斥。”

“什么秘密？”弗立特利克孙先生饶有兴趣地问道。

“一个秘密……它……”叔叔吞吞吐吐地说着。

“您是不是有些什么特别的文件？”我们的主人问。

“不……我说的完全是一种假定。”

“好吧，”弗立特利克孙先生看到叔叔局促不安的神情，便不再继续追问，但却补充了一句，“离开冰岛之前，您也许会从我们这儿的矿藏资源中有所收获。”

“谢谢，”叔叔答道，“不过，这里应该有学者来过了吧？”

“是的，黎登布洛克先生，已经到这里来考察过的有奉王命而来的奥拉夫生和鲍弗尔生两位先生，有特罗伊尔先生，有坐法国搜索号军舰来的盖马尔和罗勃特先生的科学调查团，最近还有坐奥当斯皇后号军舰来的一些学者。他们对冰岛的历史地理做了不少贡献，但是，这里仍然有许多空白需要填补。”

“真的？”叔叔装作若无其事地问，一面竭力掩饰自己的激动。

“是的。还有很多人们不太知道的山峰、冰山和火山尚待考察！不用说远的，您就看前面的那座山吧，那是斯奈弗山。”

“啊，斯奈弗。”叔叔说。

“不错，这是最奇怪的火山之一。到目前为止，还没有多少人到过它的火山口。”

“是死火山吗？”

“哦，是的，已经有500年了。”

“那么，”叔叔说，他把腿交叉起来，竭力使自己不跳起来，“我想我应该到斯奈弗去进行地质研究。您的这番话使我下定决心，去攀登斯奈弗，甚至要去探查一下它的火山口。”

“我很抱歉，”弗立特利克孙先生答道，“职务在身，无法陪同前往。否则，我一定会陪你们去的，这会是一次收获良多的旅行。”

“我非常赞成您从这座火山着手开始调查，黎登布洛克先生。”过了一会儿，弗立特利克孙又说，“您这番考察一定会得到很多收获，发现很多新鲜东西。不过，请您告诉我，你们打算怎么前往斯奈弗半岛去呢？”

“穿过海湾，这是一条近路。”

“也许是的，不过，您没法走这条近道。”

“为什么？”

“因为我们这儿一条汽船也没有。”

“真糟！”

“你们必须走陆路，沿着海岸走。路虽然远了点儿，但不乏乐趣。”

“只好如此，不过，我想找一名向导带路。”

“我正好可以给您推荐一位。”

“靠得住吗？机灵吗？”

“当然。他是半岛上的居民，非常能干，他还能讲一口流利的丹麦话呢！”

“那么，我什么时候可以看见他呢？”

“明天，如果您同意的话。”

“今天不行吗？”

“因为他要明天才能来。”

“那就明天吧。”叔叔叹了一口气回答说。

第十一章

不一样的向导

有向导的旅行似乎是一件容易的事，况且还是这样一位老实的向导。

第二天，一位高个子的男人找到了我们。此人身强力壮，高大魁梧，一双蓝色的眼睛透着灵气，举止优雅，动作沉稳，说话时不带手势，胳膊几乎一动不动。

性格差异如此悬殊的两个人，不知旅途是否会融洽。

在叔叔口若悬河的讲述中，来人只是偶尔点点头，动作极轻。

说实在的，看他那样子，我怎么也想不到他竟然是个猎人。他这样谨慎，绝对不会让鸟兽受到惊吓的，怎么可能打鸟捕兽呢？

后来，当弗立特利克孙先生告诉我，这位平静的男子只是捕捉绒鸭时，我终于明白了。绒鸭的绒毛是冰岛的最大财富，采集时无须多大的动作。

冰岛海岸的峡湾众多，每逢初夏时节，美丽的雌绒鸭便来此做窝，筑好窝后，雌绒鸭便会将自己胸前的纤细羽毛拔下来，铺在窝里。这时，猎人便会前来把绒鸭赶走，雌绒鸭不得不另筑新巢；等它们一筑好新巢，猎人又来把绒鸭赶走。于是，雌绒鸭就这么不停地筑巢做窝，直到它的羽毛被拔光了为止。此后，雄绒鸭便来接替雌绒鸭，用自己身上的毛来筑巢，由于雄绒鸭的羽毛又硬又粗，毫无商业价值，因此，鸭窝才得以安然无恙，雌绒鸭便在雄绒鸭筑起的窝里下蛋，直到小绒鸭破壳而出。

有时候，人类真的是很自私、很残忍。

由于绒鸭做窝的地方并非在峻峭的山岩处，而是伸向大海的缓缓的岩石丛中，所以冰岛弄鸭绒的猎人们的活计并不危险，也不费力，他们像农夫一样，但是用不着那样辛劳就能坐享其成。

活计(huóji)：泛指各种体力劳动。

这位沉默少言的汉恩斯·布杰克，就是我们要找的向导。

他的性格和叔叔大不相同，可是他们却相处得很好。双方甚至没有进行任何的讨价还价，就达成了协议。

团队协作融洽的问题似乎不必担心了。

按照约定，汉恩斯必须把我们送到斯丹毕村。那里是斯奈弗半岛的南部，也是火山脚下的一个村庄，距离我们住的地方约有二十二“里”，叔叔估计得走上两天。

后来，叔叔才明白，他们所说的“里”是丹麦的“里”，1 丹麦“里”等于 24000 英尺，所以我们准备长途跋涉七八天。

我们共有四匹小马，我和叔叔各骑一匹，另外两匹用来驮行李物品。汉恩斯习惯于步行，不愿骑马。

叔叔和汉恩斯约定：他的任务并不是仅仅把我们带到斯丹毕，他还得继续帮助我们搞研究工作；他要每星期三块钱的酬劳，而且明言约定必须在每星期六晚上付钱。

我们决定 6 月 16 日出发。叔叔本想预先支付酬金，但被猎人拒绝了。

“以后再付。”他用丹麦话说完之后就走了。

“真是个了不起的人。”叔叔叫道，“他还不知道自己以后将要扮演多么神奇的角色哩。”

教授有时也挺滑头的，向导到现在还不知道此行有多危险呢！

“他和我们一同到——”

“地心，阿克赛。”

离出发还有 48 小时，但使我十分遗憾的是，这些时间得全部花在包装行李上。我们开动脑筋把每样东西都用最合适的方式装好；仪器放在这边，武器放在另一边，工具放在这个包里，书放在另一个包里。一共分成四组。仪器包括：

1. 一根高达 150 摄氏度的摄氏温度计，这个温度在我看来既太高又太低。如果空气的温度升到 150 摄氏度，我们都被蒸熟了；假若用这根温度计去测量高热的水或者熔化的物质，那温度计的标记又太低了。

幽默的说法，显示“我”的内心仍对此行不看好。

2. 一个压缩空气的流体气压表，用以测量比海面上的大气压力更高的压力。因为我们到地底的时候，越往下气压就越增加，所以平常的气压计是不够的。

3. 一个由日内瓦的布埃桑纳斯制造、并在汉堡的经线上检验过的时辰表，这个时辰表做过精确的校正。

4. 两个罗盘，一个测量倾角，一个测量偏角。

5. 一具夜视望远镜。

6. 两只以路姆考夫线圈制成的电灯。

武器包括两支来福枪、两支左轮手枪和相当数量的不怕潮的火棉。为什么要带武器呢？在我看来，我们既不会遇到野人也不会遇到恶兽，但叔叔却说武器和仪器一样重要。他尤其关注那一大堆的防潮火棉，因为它的爆炸力要比普通的炸药强得多。

至于工具嘛，有两把十字锹、两把镐、一把丝绳梯子、三块包铁的侧板、一把斧子、一把铁锤、几把螺丝刀、一些螺钉和几根编得很长的绳索。这些东西形成一个很大的包裹，因为单单那个梯子就有300英尺长。

最后就是食物了，食物的包裹并不大，据我所知，压缩的猪肉和饼干足够吃6个月。唯一的液体就是杜松子酒——没有水，可是我们有水壶，叔叔认为找到泉水就可以将水壶灌满，我却觉得泉水的水质和水温可能不尽如人意。

不尽如人意：令人不那么满意。

此外，我们还带了一只旅行用的药箱，内有几把钝剪刀、护骨板、丝带、绷带、膏药、盛血器、几瓶糊精、纯酒精、铅醋酸盐、乙醚、醋、阿摩尼亚，还有各种在危险状况下用的药品以及制造路姆考夫线圈的必要化学用品。

阿摩尼亚：是氨水的旧译法。

可以看出，教授准备非常充分，是个很有经验的探险家。

叔叔还没忘记带上烟草、火药、火绒和一条皮腰带。他将皮腰带系在腰里，里面放了足够的金子、银子和钞票。

“有了这种行头和装备，去再远的地方也不用担心了。”叔叔对我这样说。

14 日，白天全都用在打点行李上了，晚上我们在总督府用了晚餐，作陪的有市长和当地的名医亚达林先生。弗立特利克孙先生没有在座，事后我才获悉，他跟总督由于在一个行政问题上意见不合而互不往来了。

15 日，一切准备就绪。房东送给叔叔一张四十八万分之一的冰岛地图，叔叔如获至宝，高兴至极。要知道，对于一个地质学家来说，这可是十分珍贵的资料。

动身的前一天晚上，我和弗立特利克孙先生做了一次亲密的谈话，我对他很有好感。谈话之后，我便回屋睡下，但却难以成眠。

“我”到目前为止，可能心中也没有丝毫激动，反而全部是担心。

清晨 5 点，窗前的四匹马嘶鸣起来，把我吵醒。我急匆匆地穿上衣服，跑到街上。汉恩斯刚把我们的行李物品装到车上。

6 点钟，全都准备妥当了，弗立特利克孙先生和我们握手告别。随后我们纵身上马，弗立特利克孙先生用一句诗句作为告别，这句诗似乎是特意为我们这些命运难测的旅行者写的：“不管命运叫我们走哪一条路，我们都会走下去的。”

这句话对于整个故事来说，也是蕴意深刻的。

第十二章 挺进斯奈弗

一路奔走，教授们终于来到了距斯奈弗不远的地方。

这一天，天空云量增多，但天气倒还算是不错，既没下雨，也不炎热，正好赶路。

骑马穿过一个不知名的乡村是很有乐趣的，使我觉得这次旅行开端良好。我沉浸在旅行的乐趣中，心里充满着希望和自由。我甚至开始有些喜欢这次探险了。

"原来，"我自言自语说，"也没什么可提心吊胆的嘛！我担心什么呀！担心在一个陌生的国度旅行？担心攀上一座令人瞩目的高山？不就是钻入一座死火山的底部嘛！那位萨克奴姗从前肯定也下去过吧！至于说一条通道可以直达地心，那纯属幻想！再说，我管那么多干吗呀，还是尽情地享受这次旅行的乐趣吧！"

现在我们已经离开了雷克雅未克。汉恩斯打头，他步伐匀称，速度挺快。两匹运行李的小马跟在他身后，稳稳当当地走着；我和叔叔则紧跟在前面的两匹马后面，我们的马虽矮小，但很强壮，也非常精神。

冰岛是欧洲最大的岛屿之一，面积有 1.4 万平方英里，人口只有

6 万。地理学家将冰岛分为四部分，我们则要斜着穿过西南的那一部分。

一离开雷克雅未克，汉恩斯立刻选中了一条沿着海岸的路。我们骑着马穿过了一些贫瘠的牧场，上面的牧草黄兮兮的，不见绿色。伸出在地平线以上的粗面岩小山的嶙峋山顶，隐没在迷茫东去的云雾中。几块积雪不时聚集了道道散光，在遥远的山腰上闪闪发亮；一些高耸的山峰直插灰色的云端，然后在移动着的水汽间忽隐忽现，犹如云海中藏着的暗礁。

这些绵延不断的陡峭岩石甚至穿过牧场，伸向大海，但中间有较大的间隔，我们可以顺利穿过。另外，我们的坐骑“老马识途”，常常会选择最合适的路径，速度丝毫不减。叔叔也从不大声吆喝，也不扬鞭催马。

“好马！好马！”他说，“你瞧，阿克赛，再没有一种野兽比冰岛的马更聪明的了：大雪、风暴、无法通行的路、岩壁、冰河——全都挡不住它们前进的方向。它们勇敢、坚韧、驯服、镇静。即使前面遇到河流或峡湾，它们照样能够穿过！我用不着催促它们，它们一天就能走上 25 英里。”

“马是没问题，”我答道，“可是我们的向导，他能走这么远吗？”

“哦，我们根本用不着为他担心。他们这些人走起路来，健步如飞，不知累，因为他们走路的时候，身体几乎不怎么动，所以他不会疲乏。再说，必要的时候我可以把我的马借给他。我毕竟也得活动活动，老这么骑在马上，胳膊腿都要抽筋的。”

我们走得很快，周围几乎看不见人烟了。时不时能见到一些孤零零的村庄，或者一座用木头、泥土和火山熔岩建造的孤立农舍，如同城里的乞丐一样，蜷缩在田头路边。在这一带没有公路，甚至没有乡间小道。

然而，这里离首都很近，已经算是冰岛上有人烟、有耕种的地方之一了。那么比这块荒地更荒凉的地方将是怎么样的呢？我们走出半英里地，却未见有农民站在茅屋门前，也没有遇见任何一个牧人，与被放牧的牲畜相比，牧人也许比它们更加粗野。我们所看见的是几只羊和牛，无人照管。那些常受火山侵扰的地方，情况就更不必说了。

这些地方的情景，我们日后会知晓的。看了一下冰岛地图，我发现这些地方由于接近海岸线而避开了火山爆发和地震。其实，地球大规模的深层运动主要集中在冰岛的中心地区：这些地方，在几层火成岩、粗面岩层、爆发过的玄武岩、凝灰岩、全部火山的砾岩和熔岩流的作用下，已经变得不可思议的恐怖。不过，我当时对我们想要看到的情景没有丝毫的概念。

离开雷克雅未克两小时后，我们就到达了基弗恩小镇。该小镇又被称作“奥阿尔基雅”，意为“主教堂”。只有几所房子，要是在德国，这种地方顶多也只能算是个小村子而已。

汉恩斯提议在这里歇上半小时。他同我们一起吃了一顿简简单单的便饭。当叔叔问他一些路名的时候，他只回答是或者不是，问他准备在哪里过夜的时候，他只回答了两个字：

“加丹。”

我翻开地图，在赫瓦尔福特海岸找到了这个小村庄的名字，它离雷克雅未克有 4 英里。我把地图交给叔叔看。

“4 英里！”他喊道，“100 英里里面的 4 英里！这也走得太慢了！”他开始和向导谈论此事，向导并没有回答，马上带着马向前进发。

三小时以后，我们仍旧走在牧场那发黄带白的草地上。我们必须绕过柯拉峡湾，这比横穿海峡容易，路程也短。

很快，我们走进了一个名叫埃米尔堡的村镇。

我们在这里喂了马，随后一口气来到了“主教堂”。下午 4 点钟，我们又抵达赫瓦尔峡谷的南面，这块地方只有半英里宽。此处距离我们刚才停歇的地方有 4 英里，约合 8 法里。

此外，峡湾起码有半里宽。海浪汹涌，拍击着尖利的岩石，峡湾两岸高耸着 300 英尺的岩壁。

尽管我们的坐骑很机灵，但我却不想真的骑上一个四足兽渡过海湾。可是叔叔却恰恰相反，他催马扬鞭，朝岸边冲去，但马儿一闻到大海的波涛，立即停止不前了。叔叔一急，更加猛打猛抽，但马儿却摆动着脑袋，不肯往前。招来叔叔的一顿臭骂和鞭打，马儿也急了，抬起后腿，想把叔叔掀翻在地。最后，矮马屈着四条腿，低身穿过叔叔胯下，一溜烟就逃开了，撇下叔叔一人直挺挺地站在岩石上，活像罗德岛上的巨像！

“你这该死的畜生！”叔叔气极了，大声叫骂。

“船。”向导碰碰他的肩膀用丹麦语说。

“什么！船？”

“那儿。”汉恩斯指着一只船回答。

“没错，”我喊着，“那儿有一只船。”

“你早就该说了。好吧，我们出发！”

“潮水。”向导又用丹麦语说道。

“什么意思？”我问。

“他指的是潮水。”叔叔翻译着说。

“是不是要等潮水呀?”我问。

“非等不可吗?”叔叔问。

“是的。”汉恩斯回答说。

我完全明白必须等着涨潮的原因，因为潮水涨到最高点的时候，也就是潮满了，大海也就相对平静了，就不涨也不落。渡海的小船既不致被潮水裹挟到峡湾深处，也不会被卷入大海中。

这个最佳的渡海时间直到晚上 6 点才姗姗来到。叔叔和我、向导、两个船夫和四匹马全都上了那条看上去并不坚固的平底船。我已经习惯于乘坐德国易北河上的蒸汽船，所以觉得这桨真是既笨拙又可怜。我们花了一个多小时才越过峡湾，不过，总算是平安抵达了对岸。

半小时以后，我们到达了加丹的“主教堂”。

简单地休息后，我们又上路了，离开加丹 100 米，地表便有所变化了：路变得泥泞不堪，举步维艰。右边群山绵延，宛如一道巨大的天然堡垒屏障，我们只好沿着山的外崖前进。

一连几天，路上都没有什么特别的奇遇——同样的沼泽、同样阴郁的景色、同样沉甸甸的心情。然而那天傍晚，我们已经走完了通往斯奈弗的一半路程，我们睡在克劳沙尔勃脱。

6 月 19 日，我们踏上了熔岩地带，脚下的熔岩几乎有 1 英里长。熔岩表面满是褶皱，如绳缆一般，有时伸展开来，有时则蜷缩着。山谷间有一条巨大的熔岩流直泻而下，这足以证明，现在虽已是死火山的这些火山，其往昔曾经多么猛烈地活动着。而且，我们不时地看到有地下沸泉在喷出水蒸气。

我们没有时间调查这些现象，继续赶路。我们现在的方向是正西——我们绕了法克萨港湾一周，斯奈弗的白色双峰已经出现在云端里，离我们大概还有 20 多英里。

泥泞的道路并没有影响叔叔的速度，他还像第一天那样精神抖擞，把这次远征只当是一次简单的旅行。

6 月 20 日傍晚 6 点钟，我们抵达了保蒂尔岸边的一个村庄。这是汉恩斯的家，他的亲人们都很客气地招待了我们一番。我们在他家稍事休息后，又不得不踏上了征途。

这里的地面显示着离斯奈弗已经不远了，它的花岗石的山根伸出地面，仿佛老橡树的须根一样。我们已接近火山的巨大的基地。教授不断地注视着它，指手画脚地，似乎在向它挑战，并且说：

“那就是我们要征服的巨人!”最后，马自动地停在斯丹毕的牧师公馆门前。

第十三章 无效的辩论

不论阿克赛如何争辩，教授都下定决心要从火山洞口进入地心。

斯丹毕是一个由大约 30 间茅屋组成的村庄，位于熔岩上面，因火山的积雪反射的缘故，经常可以享受到从火山上反射过来的阳光。

大家知道，玄武岩是棕色的岩石，起源于火成岩。其形状排列整齐得令人惊叹。你也许听说过爱尔兰的巨人堤道，以及芬葛尔山洞，但我却从来没有看见过玄武岩的结构形状，现在这种壮观却在斯丹毕出现了。

峡湾两边的石壁与半岛的所有海岸一样，都是一连串的垂直石柱，高达 30 英尺。这些笔直匀称的石柱支撑着一道拱门，拱门顶端是水平的石柱，往外伸出来，构成大海的半个穹顶。这些穹顶犹如天然的古罗马蓄雨池，隔一段距离，就会在它的下面惊奇地看到轮廓绝妙的尖形门洞。海浪从这些尖形门洞穿过，激起浪花阵阵。有几段玄武岩石柱被狂涛连根拔起，那情景颇为壮观。

在抵达斯丹毕的第二天，我们便做起了出发前的准备，汉恩斯雇用了三个冰岛人，以替代马儿运送行李物品。双方说好，到了火山底部，这三个冰岛搬运工就返回去，行李物品就由我们自己想办法解决。

这时候，叔叔也只好把他想下到火山深处的愿望告诉了汉恩斯，汉恩斯只是点点头。对他来说，去此处还是彼处，深入火山底部还是只在火山表面走，他都无所谓。可我呢，现在，心里的烦乱比早前更加厉害，可是没有任何办法——如果有可能拒绝黎登布洛克教授，我还用跑到这里吗？

"好吧，"我暗暗想道，"我们得登上斯奈弗山了。而且，我们还要看看它的火山口，很好！有人这么做过，而且安然无恙地回来了，但这次却不尽然。如果真的有条路可以通往地心，如果萨克奴姗那个家伙说了真话，那我们就会在火山底下通道里迷失，或许还要丧命！因为，谁能肯定斯奈弗是熄灭着的呢？谁能证明不会发生爆炸？如果说那位巨魔自从 1229 年就已睡着，是不是说它永远就不会再醒了呢？万一它要是苏醒过来，我们不就遭殃了吗？"

这些问题萦绕在我心里，我只要一闭眼，好像就马上看到火山在爆发，马上就看到自己顷刻间成了残渣。这也太恐怖了！我实在藏不住心里的想法，决定再去找叔叔，我要把我的疑虑和盘托出。

听了我的想法，叔叔静默了几分钟，然后他说：

"阿克赛，你想的这个问题我已经想过了。我们是不能鲁莽从事。斯奈弗已经沉睡了 600 年，它随时都有可能活跃起来，不过，不用担心，火山在爆发之前是会有预兆的。我已经向当地居民打听过了，而且对地面情况也做了研究，我可以向你保证，它不会爆发的。"

我顿时无言以对。

"你不相信我的话吗？"叔叔说，"好，你跟我来！"

我木呆呆地跟他走。他把我带入一条通向内部的小径，夹道都是由火成岩、玄武岩、花岗石和其他火成物质组成的大岩石。我到处都可以见到有气往空中喷。冰岛人称为 Reykir 的一行行白气从热流中升起，这种状况说明了此地火山活动的情形。看来这证明了我的恐惧，所以我吓了一大跳。这时候叔叔说：

“你看见这些烟了，阿克赛，很好。它们证明我们不用担心火山爆发!”

“为什么?”我大声嚷着。

“因为在火山爆发之前，这些气体会异常活跃起来，而火山爆发时它们就会完全消失。因此，如果这些气体能够保持现有状况，如果其能量不再增加，如果天气没有反常的变化，那么就完全可以肯定，这火山近期内是不会爆发的。”

给叔叔这么一说，我又无语了。我现在唯一心存的希望就是，在火山口找不到通往地心的通道。

翌日上午 9 点，我们离开了斯丹毕。

攀登斯奈弗火山

第十四章

这座奇特的岛屿看来是在一个相对较近的时期，从水底升出来的。

斯奈弗高达 5000 英尺，它的双峰形成了海岸的顶端。因为山路非常狭窄，我们只好在汉恩斯的带领下一个接着一个地往前走着。

在玄武岩石壁的另一边，首先看到的是一层纤维性泥炭土，这是从前沼泽地上的植物的遗迹。

也许因为是教授的侄儿的缘故吧，尽管心事重重，但还是很感兴趣地观察着展现在这里的一切有关矿物学的新鲜东西。我一面观察，一面想着冰岛的全部地理史。

这座奇特的岛屿看来是在一个相对较近的时期，从水底升出来的，如果是这样的话，那么这一定是地底下火山爆发的结果。由于这个假定，我仔细地观察着土地的性质，我很快明白了在这个岛屿形成过程中所发生的一些主要现象。

这个岛屿没有一点儿沉积土，它完全是由火山凝灰岩构成的，也就是说是由一大堆石块、山岩堆成的。最初它是一大片绿石，在地球内力的推动下慢慢露出水面。这时，内部的火浆还没有爆发出来。

但是慢慢地，从岛的西南到西北产生了一条很宽的缝，内部的岩浆就慢慢地从这条缝里冒出来。这一过程是缓慢而平稳的。岩浆从地心涌出，慢慢地四散漫溢，形成了广阔的平面或波状的起伏，进而形成了菩萨石、花岗石和云母石。

溢出的岩浆冷却之后形成一道硬壳，把那条宽大的缝堵上了。但是随着内部的岩浆大量聚集，地心的压力越来越大，当这种压力达到一定程度时，地壳便逐渐拱起，从而形成许多火山管。火山岩浆通过这些火山管，冲出地面，形成火山口。

从此以后，岩浆漫溢的现象就被火山爆发代替了。最初通过新近形成的火山口喷出来的是玄武岩浆，就是此刻我们正在穿过的这片平地。玄武岩浆喷射完以后，从火山口出来的就是灰和矿渣。它们在火山口的四周留下了一条条散射的长痕，好像一簇簇浓密的头发。

这就是冰岛在其形成过程中的一系列现象，这些现象都是由地球内部的热量所促成的。谁敢说地球内部不是一团炽热的流体的话，那他肯定就是个疯子！

因此，当我们朝着火山进发时，我对此次探险的结局早已心知肚明了。

路变得越来越难走了，地面更加倾斜，碎石不断滚落，我们只有极度小心才能躲开这些石子。

汉恩斯加快步伐，如履平地，并不时用口哨为我们指路。

经过三个小时的跋涉，我们来到山脚下。在那儿，我们匆匆吃了点儿饭。

吃完饭，我们开始爬斯奈弗的斜坡。那些雪峰看起来似乎近在咫尺，可爬起来却相当费力。我们只能沿着边缘上那些陡峭而多石的斜坡费力地爬着。

叔叔一直尽量地靠近我，他的手臂好几次给了我有力的支持。三位冰岛人不管身背多少行李，还是像生来就是爬山者那样精力旺盛地往上爬。

晚上7点钟时，我们已经在这个“梯级”上爬了2000级。最后，我们站在一块圆丘上面，斯奈弗火山的火山锥就耸立在这岩石上。

此刻，我已经精疲力竭，教授见我已经不能再走，尽管心里急着赶路，但还是决定停下来。他做手势叫向导也停下来，可是向导摇摇头，并不允许我们在那里休息。

看来只好继续爬了。叔叔边走边问汉恩斯，为什么不能先歇歇脚？

“密斯都。”向导回答。

“密斯都，什么意思？”我急切地问。

“你看。”叔叔说。

我放眼望去，只见一道气流柱正夹带着浮石、沙粒和尘土，像龙卷风似的旋转着上升。这道气流柱被风吹着向斯奈弗的火山山坡袭来，而我们恰好面对着它，这就是不能休息的原因。

“哦，原来这就是密斯都。”我暗自想道。

晚上11点，夜色浓重，我们终于到达了斯奈弗的山顶，我们看到了“午夜太阳”。

第十五章 斯奈弗的阳光

这座山的尖峰常被人们当成一个大日晷，在固定的某一天，日晷的影子就会指出通向地心的道路。

第三天早上醒来的时候，我们几乎被那凛冽的寒风吹僵了。

我站在斯奈弗比较偏南的一座山峰顶上，从这里可以看到岛的大部分景色。深邃的山谷四处相连，峭壁就像刚刚掘出来的井，湖像池塘，小河宛似溪流。右面是一连串数不清的冰河和山峰，有些山峰的四周布满了薄薄的烟雾。

观察到了与以往不同的独特景色。

向导告诉我，我站的这个山峰叫斯加丹利斯。

“我们到陷口去吧！”叔叔说。

斯奈弗的陷口是个倒着的空圆锥，开口处的直径长约1英尺半。我估计它有2000英尺深。任何人都能想象出这种容器如果充满熔岩和火焰，将是什么样子！

大自然的鬼斧神工！

为了便于下去，汉恩斯在圆锥内壁上沿着一条长长的圆弧线往前走着。我们在喷射出来的岩石中间走着，有些岩石由于洞口受到震动，冲跌到深渊的底面，立刻发出怪异的闷响。

探险之旅的前一阶段总算比较顺利。

不管多么艰难，我们总算没有遭到意外，而且也成功了，全程只掉了一捆绳子，那是从一个冰岛人手中掉下去的，直落到深渊底部去了。

时近中午，我们终于到达了目的地。我抬起头看看圆锥上面的洞口，洞口处是一块大大地缩小了的、圆得几乎毫无缺陷的天空。

当然，教授才不会在乎别人怎么看！

陷口的底部出现了三条小道，这三条小道的某些地方大约有 100 英尺宽。它们都在我们的脚下张着大口。黎登布洛克教授立刻依次检查了它们的位置，他气喘吁吁地从一条火山管道跑到另一条火山管道。汉恩斯和他的伙伴们坐在一排排的熔岩上注视着他，显然把他看成一个疯子。

“阿克赛！阿克赛！”他喊道，“来，来！”

我赶紧跑到他那里。汉恩斯和三位冰岛人却丝毫不为所动。

“你看。”教授说。

这一趟危险的旅程都是因为他！

这时，我在西面的一块木板上看到几个卢尼字，它们就是那最该诅咒的名字。

“阿恩·萨克奴姗！”叔叔喊道，“你现在还能有什么怀疑吗？”

我没有回答，惊惶失措地回到刚才坐着的那块地方，事实完全把我击倒了。

我自己也说不出我一直沉思了多久。我所知道的就是，当我一抬起头来，只看见叔叔和汉恩斯站在陷口的底面上，三位冰岛人已被辞退。

汉恩斯安详地睡在熔岩流里的一块岩石脚下，我也在熔岩流里临时做了一个床位，叔叔则在陷口的底部打转，犹如一头困兽。我既不想起来，也没有力气起来，迷迷糊糊地过了一夜。

比喻句。形容教授为“野兽”，表明他焦急的心理状态。

第二天，阴沉沉的天空悬挂在圆锥顶上。我注意到这一点，并不是完全因为山口内一片漆黑，而是由于叔叔的大声吵闹。我明白这是什么缘故，于是心中不免又燃起了回去的希望。

下面三个洞口中，有一个就是萨克奴姗的洞口。根据密码信中所示，如果要知道走哪一条道，就必须知道斯加丹利斯在 6 月底，把其阴影投射在哪一条通道的边缘上。

事实上，任何人都能把这个尖峰当成一个大日晷，在固定的某一天，日晷的影子就会指出通向地心的道路。

日晷（guǐ）：古代一种利用太阳投影来测定时刻的装置。

现在，如果没有阳光，就不会有影子，而且也就无所指引了。这是 6 月 25 日，如果天空再这样阴暗 6 天，我们的观察就要推延到下一年。

我不想去描述黎登布洛克教授那种无能为力的愤怒。日子一天天过去，可是陷口底部仍然没有影子出现。叔叔始终不同我说一句话。他的视线永远朝向天空，消失在它那灰色和多云的远处。

26 日，还是不见太阳，反而整天下起冰雹来。上帝并不是光会折腾人，他要让黎登布洛克教授在着急得绝望之余，也能享受到一些喜悦的滋味。

这些明快的描述正隐含着大家愉快的心情。

翌日，天空仍然多云，可是在 6 月 28 日，也就是这个月的倒数第三天，天气发生了转变，大量的阳光照耀着陷口。每一个小丘陵、每一块岩石、每一块石头、每一件粗糙的东西，都分享着和蔼的阳光，而且立刻把影子投射在大地上。最主要的是，斯加丹利斯的影子显示着清晰的山脊，它也和发光的天体一同慢慢地移动着。叔叔一直追随着影子。

中午，当影子最短的时候，它柔和地照耀着中间洞口的边缘。

“那儿!”教授喊道，“那就是通到地球中心的路!”他用丹麦语加了一句。我看着汉恩斯。

“往前走!”向导镇静地说。

“往前走!”叔叔回答。

此时正是下午 1 点 13 分。

情境赏析

探险之旅的前一阶段并不那么顺利，在“我”的继续担忧与恐惧中，跟随教授来到了目的地，又偶然发现了那个让“我”深恶痛绝的名字——阿恩·萨克奴姗。“我”在心里诅咒着他，教授却欣喜异常，这让他的探险决心更加地疯狂与坚定。

名家点评

中国人做梦梦的是金榜题名、洞房花烛，而法国人却在幻想征服月球。

——鲁迅

进入火山

第十六章

阿克赛靠着一块突出来的岩石往下看——不禁毛骨悚然！

真正的旅程开始了。

我已经说过这个喷烟口的口径有 100 英尺，圆周有 300 英尺长。我靠着一块突出来的岩石往下看——不禁毛骨悚然！那种空虚使我感到害怕。我觉得我的重心在移动，好像喝醉了似的，头也晕了。没有一样东西比这个无底洞的吸引力更令人难以抵抗。我快要掉下去的时候，有一只手恰好拉住了我，是汉恩斯。显然，我在哥本哈根的教堂里受到的训练，还远远不够。

不过，话说回来，虽然我只瞅了深渊一眼，但对它的结构已经有所了解。几乎笔直的岩壁上也有许多突出的部分，我们可以把它们当立足点。但是，虽然我们不缺下去的梯子，然而却没有扶手。我们可以把绳子系在通道口，然后顺着它下降，可是到了下面，我们怎样把绳子解开呢？

叔叔一下子就解决了这个难题。他解开一捆大约有拇指那么粗、400 英尺长的绳子，起先他只放下一半，在一块坚硬而突出的熔岩上绕了一圈，然后再放下另外一半。于是我们每一个人都能同时抓住两股绳子下降。我们下去了大约 200 英尺时，便放开一头，拉住绳子的另一头，将它收回。这个办法可以无限制地重复下去。

“现在，”叔叔做完了这番准备工作之后接着说，“我们来看看行李，这些行李必须分成三包，每人背一包——我只是指容易碎的东西。”

“汉恩斯，”他干脆地说，“负责管理工具和一部分粮食。你，阿克赛，拿另外一部分粮食和枪；我自己背剩下的食品和精致的仪器。衣服、绳索、梯子让它们自己下去吧。”

说完，叔叔就把东西从喷烟口里掷了下去！

“好，”他说，“现在该轮到我们了。”

叔叔把仪器的包裹背在背上，汉恩斯背起了工具，我扛起了枪。我们开始依次下降——先是汉恩斯，然后是叔叔，最后是我。大家下降的时候非常安静。半小时之内，我们便全部到达了坚实地伸入喷烟口内的一块岩石的表面。

从岩石的边缘往下看，仍然是深不见底。

绳子的运用重复着，再过半小时，我们又下降了 200 英尺。我不知道我的这位如此热爱地质学的叔叔，在往下爬的时候，是否还想研究一下周围土地的性质。反正我对此毫不关心，管它是新地层、古地层、铅质的、沙质的……这些都和我无关。然而教授却显然在观察、在注意，因为有一次在稍作休息的时候，他对我说：

“我越向前走，就越有信心了。这里的地质和达威的理论是完全符合的。我们现在是在最原始的地层上，在这里，金属一旦遇到水和空气就会燃烧。我完全不同意关于地心热的说法。”走了将近三小时，还是看不见底。上面的洞口越来越小，光也渐渐少了。

我们继续下降，我听到掉下去的小石子的声音，说明这些石子不久就到达了底面。计算了一下我们用过绳子的次数，我可以算出我们已经到了多么深的地方，而且花了多少时间。现在已经是 11 点了，我们已经下降了 2800 英尺。

这时候汉恩斯突然喊道："停一下！"

我猛然止住，差一点儿踏在叔叔的头上。

"我们已经到了。"他说。

"哪儿？"我问道，一边滑到他旁边。

"到了那个垂直的喷烟口的底面。"

"是不是没有路可以出去了？"

"有！我隐约看到有一条通道，是向右倾斜的。明天再说吧，现在先吃饭，然后睡上一觉。"

我仰面睡着，往上一看，只见这长达 3000 英尺的、仿佛是个巨大的望远镜的管子的末端，有一点亮晶晶的东西。这是一颗星星。

最后我睡着了，睡得很熟。

第十七章 海面下继续前行

不断下落，通过仪器他们得知已经到了海平面以下了，奇怪的是，温度没有升高。

早晨8点钟醒来，只见一缕阳光照射到火山管壁上的无数熔岩小平面上，如同无数的火星在闪亮，映照着地面。地底下确实非常安静，但是这种安静有点儿吓人。我忍不住恐慌地四处张望。

叔叔说：“现在就害怕了？可我们还没有穿过地球内部1英寸呢！我们才刚刚下到冰岛的地面上，这里与海平面持平。”

持平：（与相对比的数量）保持相等。

“你肯定吗？”

“当然，你自己看气压计吧。”

果然，我们在往下走的时候，一直在上升的水银，现在停在29英寸的刻度上面。

“你知道吗？”叔叔说，“这里才有1个大气压，我真希望流体气压表能够代替普通的气压表。”

的确，在空气重量超过在海平面测到的大气压时，普通的气压表很快就不起作用了。

“可是，”我说，“这种增加了的压力会不会让我们觉得受不了？”

“不，我们往下走的速度非常缓慢，这样会让我们逐渐地习惯于在密度更大的空气中呼吸。哦，对了，我们事先扔下的包裹在哪儿？”

比喻句。可以看出这位伟大的向导不光能干、听话，且做事极有章法、有条理。

听到叔叔的话，精神抖擞的汉恩斯像猫一样爬到了不远的地方，把包裹拿过来了。

吃过早饭，叔叔从口袋里掏出一本笔记本，然后一件件地拿起他的各种仪器，做了这样一个记录：

时　间：6月29日早晨8点17分

气压计：29.71英寸

温度计：6摄氏度

方　向：东南偏东

这是对未知世界的强烈渴望，是拥抱大自然的宣言。

“现在，阿克赛，真正的探险之旅就要开始了！”叔叔用一种兴奋的语调说。然后，他一手拿起挂在脖子上的路姆考夫电线，另一手把它接在灯丝上，一道很亮的光穿透了坑道的黑暗。

汉恩斯拿起了另一根路姆考夫电线，它也已经点亮了。这种灯实在妙不可言，有了它，我们就可以长时间地在黑暗中行走，即使周围满是易燃气体，也不会造成危险。

“出发！”叔叔喊道。

我们随即拿起自己的东西。汉恩斯走在叔叔后面，带着前面的绳子和装衣服的包裹，我仍旧殿后。

1229年，这火山最后一次喷发时，岩浆就是穿过这条通道一涌而出的。它在通道内壁上涂了一层又厚又亮的东西，灯光照上去会反光，使得通道里更加亮堂。

沿途最大的麻烦就是下滑太快，十分危险。幸亏有些凹凸不平的岩石可以让我们当台阶，我们不得不继续把行李挂在一根长绳子上面滑下去。

我们利用其作为台阶的岩壁上的岩石，实际上是钟乳石。有些地方的熔岩上满是细小的孔，又圆又小，像小灯泡一样。不透明的石英结晶夹杂着一些纯净的玻璃珠，宛如水晶灯一样挂在穹顶，沿路闪闪发光，为我们照明。它们就像是守卫通道的精灵一样，特意点亮自己的宫殿，欢迎我们这些来自地上的客人！

比喻句。说明这里的景色其实是很美的。

一路上，温度并未见升高，这证明了达威的假设是正确的。教授一直在准确地计算着路面的下倾角度，但是他始终不把观察的结果告诉我们。

晚上8点光景，我们停下来，洞中微风习习，令人感到诧异；不过，我无心去寻求这一问题的答案，因为我又饿又累。

光景：表示大约的时间或数量。

汉恩斯把一些粮食放在一块熔岩上面，我们美滋滋地吃了起来。可是，我很担心，我们带出来的水已经消耗了一半，叔叔原以为可以利用地下泉水加以补充，但到目前为止，我们一直没有看到有地下泉水冒出来。我不得不请叔叔注意这个问题。

“别着急，阿克赛。我敢保证，不仅能找到水，而且还能找到比我们所需要的还要多得多的水。只要走过这些熔岩层，泉水就能从这些岩壁里喷涌而出。”

“我”还在担心以后会不会被“烤熟”。

“但是熔岩层还长着哩，不知何时才是个头。再说，如果我们下到地壳内部很深的地方，温度应该比现在要高得多。”

“这只是你的推理而已，现在温度计上有多少度?”

“只有 15 摄氏度，也就是我们开始下滑后，温度只升高了 9 摄氏度。我的结论是：每往下 100 英尺，温度上升 1 摄氏度。不过，也有特殊情况，在死火山附近的片麻岩里，每往下走 125 英尺，温度才上升 1 摄氏度。我们不妨根据这个来计算一下好了。”

“那你就算吧，孩子。”

“没有什么比这更容易的了，”我说道，“1125 英尺深。”

“你的计算完全对。可是，要知道，按照我的仪器，我们已经到达了海面以下 10000 英尺的地方。”

“真的?”

“当然，数字就是数字，不会有错的!”

教授的观察是不会错的，我们比人类所能达到的最深处，比如提罗尔和波希米亚的矿区还要深 6000 英尺。

看来教授对这个问题的一贯看法更有道理一些。

按道理，我们所处的深度的温度应该是 81 摄氏度才对，可它却只有 15 摄氏度。这是值得思索的问题。

第十八章 在火山通道中

探险者们并没有因为选错了路，停止前进的脚步。

第二天，6 月 30 日，星期二，上午 6 点钟，我们又开始下降了。

我们仍旧沿着熔岩通道向下，汉恩斯打头，走得飞快。一直到 12 点 17 分，我们才追上了已经停住的汉恩斯。

“啊！”叔叔喊道，“我们已经来到了火山管的尽头了。”

我环顾四周，我们面前正是两条路的交叉口，两条路那是既黑又窄。我们究竟该走哪一条呢？

叔叔毫不犹豫地指着东面的坑道，于是，我们便钻到那个通道里面去了。

这条新坑道不太倾斜，不过，它的每一段各不相同。有时，我们会遇上一个个拱门，犹如走进哥特式的后殿；有时，会遇到一些罗曼风格的扁圆拱洞；还有一些地方，像是一些低矮的房屋，我们只能爬行才能穿过。

本段用排比句描述了复杂多变的地貌特征，显示了坑道内的奇丽景色。

温度不太高，我们还可以忍受。但此情此景，让我不由得想象，这些熔岩沿着目前很静的路从斯奈弗喷出来时的景象。

这是诙谐的说法，暗指火山的脾气可不是人类能把握得住的。

“万一这座古老的火山再一次心血来潮，那可如何是好？”我想。

走了 6 英里后，叔叔表示要停下休息。我们三个就铺开旅行毯，蜷起身子，不一会儿就睡着了。

早晨醒来，神清气爽，精神焕发。我们又踏上了征途，还是像以前那样，随着熔岩坑道下去。不过这次并不是往下，而是稍微上升了一些。所以，不一会儿我就爬得很吃力了。

“阿克赛，你才走了三个小时，路又平坦，你就累了！”叔叔看见我的样子朝我喊了起来。

“路可能是平坦，不过实在叫人感到疲乏。再说，现在分明是在往上走嘛！”

“向上？”

“当然。斜坡在半小时以前就改变了，如果我们还这样继续走，我们一定会再走到冰岛的地面。”

教授有着大多数学家的执着，或者说固执。

教授不屑地摇了摇头。

我只好提起我的行李，迅速地向前走。

中午以后，熔岩壁的情况有所变化。它反射出来的照明灯光已经越来越暗了，它不再是熔岩层，而是变成了裸露着的岩石层，并且岩床是直立排列的。这说明，我们到达了地质上的过渡时期——志留纪。而这一条路，是不会把我们引向火山的核心部位去的。叔叔并不相信我的话，但继续前行所看到的一切，更证明了我的看法。我不住地踩在志留纪那一堆堆的植物和贝类动物的遗骸碎片上。墙壁上，藻类植物的痕迹十分明显，可是叔叔对我所说的仍然不置可否。他认为，只有走到坑道的尽头，才能确定自己是否真的错了。

不置可否：不说对，也不说不对。

“您的做法没错，叔叔，但是这样走下去，我们就会遇到新的威胁。”

“什么威胁？”

“缺水。”

“那么，从现在起，我们就限量饮水吧，阿克赛。”

旅途安全最严重的威胁显现出来。

原路返回

第十九章

受到水的威胁，旅行者们试图寻找水源，没想到却发现了煤矿。无奈，只好原路返回。

的确，我们得限量饮水了，我们的存水只够饮用三天的。尤其堪忧的是，我们没有希望在这种地层中找到泉源。

翌日，我们脚下的坑道一整天遇到的全都是拱门。我们几乎一语不发地前进，仿佛汉恩斯的沉默寡言已经感染了我们。

继续前进，地层的性质并没有改变，而过渡时期却越来越肯定了。

电灯的光芒照得岩壁上的片麻岩、石灰石和红色的古页岩，闪闪发亮。岩壁的表面常常可见一层美丽的大理石覆盖着，有的呈灰色，有的呈鲜红色，有的是黄中夹杂着粉红色，煞是好看。

可是黎登布洛克教授似乎并不关注这些，他只是在期待着有一条垂直的坑道，能让他继续走下去，或者前面出现了阻拦，让他按原路返回。然而天色已晚，他的期待没有任何结果。

又过了几个小时，我观察到岩壁上的反射灯光在大幅减少，岩壁上的大理石、片麻岩、石灰石和沙石，都被一种暗淡无光的东西代替。

在坑道很狭窄的某一块地方，我用手摸了一下岩壁，发现自己的手竟然被弄得黑糊糊的。我仔细地环顾了一周：我们周围全是煤！

“这是煤矿！”我嚷着。

“一个还没被人发现的煤矿。”叔叔回答。

“那可不一定。”

“我敢断定，”叔叔语气急促地说，“这条坑道不是人们开采出来的。”

正在我们争论不休的时候，汉恩斯准备了一些食物。我吃得极少，喝了配给给我的少量的水。向导的水瓶中还剩下了一半水，这就是留给我们引用的全部水了。

晚饭以后，叔叔和汉恩斯钻进毯子里睡觉去了，可我却怎么也睡不着。

星期六早晨 6 点钟，我们又出发了。走了不到二十分钟，我们见到了一个很大的洞穴，这个洞穴看来似乎是由一种神奇的平衡力支撑着。

在洞穴那黑糊糊的石壁上，可以观察出石炭纪的全部历史，地质学家可以毫不费力地看出不同时期的特征。煤床被沙石或细密的页岩分开，仿佛受到上层岩石的重压。

这个时期比中生代早。在此以前，由于受到高热和不断袭来的湿空气的影响，地球上存在着许多巨型植物；地球的各个部分都被包围在一层蒸汽中，连阳光都不能透射进来。

这个时期根本不存在所谓的“气候”，地球的表面上流动着一股相当于赤道和两极的热流。这股热流是从哪里产生的呢？无疑来自地球内部。

和黎登布洛克教授的理论相反，地球内部蕴藏着大量的热能，它的作用一直达到地壳的最外层。植物由于没有阳光的照耀，既不开花也没有香味，然而它的根却扎在炽热的地层里，拼命地在汲取生命力。

树很少，草本植物很多，而羊齿植物、石松、封印木遍布。这些植物如今属于稀有植物，而当时却随处可见。

煤就起源于这种繁茂的植物。当时地壳还具有伸缩性，由于地球内部液体的流动，形成了许多沟隙和凹陷的地方。植物也大面积地被淹没在水下，逐渐沉淀，变成泥炭，然后由于发酵而全部矿化，因而形成了这一大片煤层。

我们在煤层上穿行，周围一片漆黑，二十步以外就什么也看不清了，所以根本无法估计坑道到底有多长。

下午 6 点钟，前面出现了一片石壁挡住了去路，而且上下左右都没有任何开口。显然，我们已经到达了一条死胡同的尽头。看来，只有按原路返回了。

叔叔此时一声不吭。

第二十章 渴！

由于缺水，他们做出了最后的决定：如果一天后还找不到水源，就立即返回地面上去！

第二天我们很早就出发，按原路返回。

叔叔犯了错误，既气又恨。

7月7日，星期二，我们终于到达了两条坑道分岔的地方。

一路上，除了枯燥的路途，还有缺水的威胁。由于口渴难耐，我不止一次地真正失去了知觉。

10点钟的时候，由于口渴，我已经不省人事了。叔叔把他的水壶放在我的嘴边，说："喝吧。"

我尝了一口，呵，无比愉快！一口水就解除了我那燃烧着的干渴，一口水就足以把我的生命从鬼门关拉了回来。我知道，叔叔为了把这一口水给我，自己抵御了多大的诱惑啊！

"现在，"我强撑着说，"我们必须回去，回到斯奈弗去。"

叔叔听了这话默不作声，我禁不住问道："你的意思是不打算回去了？"

"我刚刚看到成功的可能！决不回去！"

“可是在这里，我们只有死路一条了。”

“不，阿克赛。你得回去，我不想让你死在这里。汉恩斯将陪你一同回去，至于我，我还是决定留下来。”

“可我……”

“我已经开始了这段旅程，一定要争取成功；否则，决不回去。你回去吧，阿克赛，回去吧！”

叔叔说话时又恢复了往日的严厉和命令的口吻。

向导依然一言不发，我想，他一定明白我们在争论什么。我多么希望他能和我一起说服固执的教授。于是，我跑到他身边，对他做出上去的示意。

谁知他动也不动，只是轻轻地摇着头，又指着叔叔说：“主人。”

这个傻瓜，在这种时候，居然让主人来主宰他的生命！

我生气地抓住汉恩斯的胳膊，我想迫使他站起来。

这时只听叔叔说：

“冷静点儿，阿克赛。你从这个对一切都无动于衷的向导那里，不会得到什么的。你还是听听我的主意吧。”

“听我说完，”他又说，“我们现在唯一的困难就是缺水。东边的这条坑道是由熔岩、板岩和煤层组成的，我们在里面找不到水。如果我们沿着西边的这条坑道走，也许会幸运一些。”

我摇摇头，一脸的不相信。

“你别不信，”叔叔提高了他的声音说，“当你躺在那儿不动的时候，我把坑道的构造仔仔细细地研究了一番。它一直伸到下面，很快就会把我们带到花岗岩层的，到了那儿，就应该有大量的泉水，这是由岩石性质所决定的。所以，我只要求你们再忍耐一天。如果一天以后还是找不到水源，我们就立即返回到地面上去。”

我虽然十分恼火，但仍禁不住被叔叔的这番话和他那坚毅的精神打动。

“好吧，”我说道，“但愿上帝能报答你这个具有超能量的人!”

第二十一章 寻找水源

就在大家在干渴中挣扎时，汉恩斯找到了水源，使教授和阿克赛绝处逢生。

我们立即沿着另一条坑道往下走去。一路上，叔叔把他的灯沿着岩壁照着。走了不到一百步，叔叔突然喊道：“这是原始的岩石！我们走对了，快走！”

地球在诞生的初始阶段，由于逐渐冷却，它的体积缩小，因而地壳产生了裂缝和凹地。我们现在行走着的这条坑道就是这样形成的。它是从前火山爆发时花岗岩浆的喷射通道，成百上千个通道形成了一座错综复杂的迷宫。

我们越往下走，就越能清晰地看到构成原始地层的一系列曲线。地质学将这种原始地层视为矿物层的基础，认为它是由板岩、片麻岩和云母片岩构成的。这三种不同的岩石层在一种非常坚固的岩石上，这种岩石就是花岗岩。

板岩层中，有一些发光的矿脉蜿蜒曲折地伸展着，那是铜、锰以及微量的黄金、白金矿脉。由于地球早期的变动，它们被埋得很深很深，用锄头或十字镐都没法把它们挖出来。片麻岩，平行整齐；云母片岩，闪闪发光。

到了晚上6点光景，光线明显减弱，岩壁呈现出一种昏暗的水晶色调。云母更加紧密地混杂在长石和石英当中，形成一种特别坚硬的岩石，在承受着地球四个地层的重压，但却并未被压垮。

此时，我们简直是被禁闭在花岗石的大监狱里面。

现在已是8点钟了，还是没有水。我实在痛苦极了，忍不住又昏了过去。

当我重新睁开眼睛的时候，我看见叔叔和汉恩斯一动不动地裹在被窝里。他们睡着了吗？我可一刻也睡不着。叔叔的那句“完了!”仍在我耳边回荡，我想我肯定没法回到地面上去了。

然而，正当我蒙眬欲睡的时候，我隐隐约约地看见向导拿着一盏灯，走掉了。

汉恩斯为什么走？他把我们丢下了吗？他是不是听到了什么我所没有听到的细微的声音呢？我想把叔叔也喊起来，无奈干燥的嘴发不出一点儿声音来。

汉恩斯走了，我足足寻思了一个钟头，我真的想不出这个沉默少言的人到底去干什么了。

大约一个小时后，我终于听到深邃的坑道里传来了一阵脚步声响：汉恩斯又回来了。他径直走到叔叔身边，用手轻轻地摇晃叔叔的肩膀。

“怎么了?”叔叔问。

“水!”向导回答。

说实在的，人在身处险境、沮丧绝望之时，从别人的嘴形、表情就能听懂对方说的是什么。虽然我不懂丹麦语，但是知道一定是找到水源了。

于是我们喜出望外，立即爬起身来从斜坡向下走去。一小时以后，当我们下降了 2000 英尺的时候，我们清楚地听到一种流动的声音，这是附近的地下河发出的声响！

又走了 1 英里半的路，可是流水的声音反而微弱了。这是怎么回事呢？原来，是该死的花岗岩石壁把我们与甘泉隔了开来！

我们找不到这些水，不禁又开始陷入无奈和绝望之中。

这时，只见汉恩斯站起来，举起手中的镐，准备往岩石上凿。他真是个好小伙子，换了其他人是绝对想不出这种主意的！

为了不让洪流一下子从岩石中涌出来，向导缓慢地用镐对着岩石凿去，不一会儿就劈开了一条大约 6 英寸宽的小缝。没多久，汉恩斯已经往花岗岩石壁里凿进去两英尺了。叔叔在一旁看得心急火燎，恨不得也拿起镐来去凿它几下子。

忽然，我听到一阵尖锐的叫声，裂口中喷出一股水柱，直射到对面的岩壁上。

汉恩斯已经被这突然的水柱击中，忍不住大叫了一声。当我把手伸进水柱里的时候，也大叫了起来。

原来，那水是滚烫的！

"不要急，它会冷却下来的。"叔叔回答。

果然，没过多久，沸水冷却了下来。我们喝了第一口甘泉水。啊！这珍贵的水挽救了我们垂死的生命。我甚至忘了品尝它原有的味道，只是不停地喝着。

第二十二章

『海洋就在我们头上！』

当继续向前行走时，他们惊讶地发现，大西洋正在自己的头顶上方。

摆脱了缺水困境的我们，万分轻松。

终于解除了探险行程中最大的威胁。

星期四早晨8点钟，我们又开始进发。曲折的花岗石坑道经常让人拐来拐去，宛如走在迷宫一样。不过，根据罗盘的指向，它一直是向着东西延伸的，而且坡度不是很大，每前行6英尺，顶多下降两英寸。泉水仍在脚下静静地流淌，宛若精灵带领我们穿越地球。

叔叔急于往地心去，所以一直不停地诅咒着这水平的坑道。但我们别无选择，只要是往地心去，不管有多慢，也不要紧的。

7月10日星期五晚上，我估计我们应该是到了离雷克雅未克东南75英里的6.25英里深的地下。这里，我们脚下出现了一个颇似深井的坑道，其陡峭的程度使叔叔拍手称快。

拍手称快：两手相拍，表示教授喜悦、振奋的情绪。

“哈哈！这斜坡可以顺利地把我们带到很远很远的地方去，”他喊道，“我们可以踩着它的突岩下去。”

汉恩斯很快把绳子准备好，于是我们就开始下降了。

这条倾斜的大坑道实际上是巨型岩石上的一条狭窄的裂缝，可以称之为地质上的“断层”。它是由于地球在冷却过程中收缩而形成的，曾是火山喷发时熔浆流动的通道，但现在一点儿喷发物的痕迹也没有，真叫人感到困惑！我们正在沿着往下走的是一个状如螺旋形楼梯的坑道，它简直如同人工斧凿出来的一样。

每往下走一刻钟我们就停下来休息一会儿，让那绷着的双腿松弛一下。我们很喜欢坐在突出的岩石上，两腿悬挂着，边吃东西边聊天，还有甜美的泉水可喝。虽然说在这断层地带，泉水由于体积缩小已经成为瀑布，但足够我们饮用。

7月11日和12日，我们随着断层的螺旋形道路继续往下走，穿入地壳6英里，这时我们可能是在海拔下面15英里。然而在13日，断层的倾斜率又和缓得多，呈45度的角向东南延伸。

路面平坦，也没有什么高低曲折，只是不免过于单调。但这也是正常的，总不能盼着沿途景色千变万化吧！

幽默的说法，这是火山坑道内探险，当然没有美丽风光可看。

15日星期三，我们已经下到21英里处，此地与斯奈弗火山山顶相距有150英里。

叔叔每隔一个小时就要把罗盘、时辰表、流体压力计上的数据记下来。当他告诉我，说我们已经平行地走了150英里的时候，我不禁失声惊叫起来。

失声：不自主地发出声音，表示非常惊讶。

“你怎么啦？”他问我。

“没什么，我只是想到一件事。”

“什么事，孩子？”

“如果你的计算是对的，那么我们已不在冰岛的下面了。”

“你这样想吗？”

“是的，用圆规尺一量就知道了。”

我用罗盘和地图的比例测量了一下，说：

“我说对了，我们已经越过了波特兰海角，往东南方125英里就是在大海的底下。”

“在海的下面。”叔叔重复了一遍，高兴地擦擦手。

“是啊，”我说，“大西洋就在我们头顶上方哩！”

想想看，这是多么奇妙、令人振奋、又难以想象的事情啊！大海在头顶上悬着！

“这很正常，阿克赛，纽斯卡尔不也是有很多的煤矿延伸到海底很远的地方嘛。”

叔叔对此并不惊讶有他的道理，可我不行，一想到自己走在海洋的下方，立即袭来一阵恐惧。

4天以后，在7月18日星期六的傍晚，我们走到了一个很大的洞穴中。叔叔把汉恩斯每星期三块钱的工资给了他，并且决定第二天休整。

情境赏析

在数日艰苦旅行后，“我们”终于从最大的威胁——缺水危机中解脱出来。随后，在某一天“我”失声惊叫后，“我们”新的发现令教授喜不自胜，但“我们”可没有叔叔那么好的兴致，它只是令我恐惧，因为大西洋竟然在“我们”头顶上悬着！这太可怕也太疯狂了！

名家点评

我并不是不知道您的作品的科学价值，但我更珍重的却是它们的纯洁、道德价值和精神力量。

——（意）罗马教皇利奥十三世

第二十三章

我和叔叔的讨论

阿克赛和叔叔就是否有地心热一说展开了讨论，他们始终坚持各自的观点。

星期日早晨醒来，我不必像往常那样马上出发。即使是身在地球深处，休息一日，心情也同样是一种轻松的感觉。

我们所在的这个洞穴好像一个大厅，泉水仍孜孜不倦地在花岗岩地面上流淌着。

教授则打算花上一个小时的工夫来整理一下自己的日记。

“首先，”他说，“我要计算一下我们现在在哪里，回去的时候，我要为我们的旅行画一张地图，一张垂直剖面图，同时把我们的行程也注在上面。”

“这当然很有意义，不过您的观察能否保证精准无误呢?”

“当然能。我把所有的角度和坡度都认真记下来了，我保证不会出错的。现在，先来看看我们目前所在的位置，把罗盘拿来，看看是什么方位。”

我仔细看了一下，回答：

“东南偏东。”

“好吧!”教授记下我说的方位，然后迅速地计算了一下说，“从出发到现在，我们走了 255 英里了。”

“那么，我们现在是在大西洋底下了？”

“一点儿不错。”

“也许现在洋面上正是狂风大作、恶浪滔天呢！说不定，有一条鲸鱼正在用它的尾巴拍击着我们所处的这座‘牢狱’的墙呢！”

“放心，阿克赛，鲸鱼动不了这堵墙的。好，我们继续算下去吧。我们是在东南方，离开斯奈弗有 255 英里，据我所做的记录来看，我们现在在地下 48 英里处。”

“48 英里！”我叫了起来，“这可达到地壳厚度的极限了！而且，按照温度上升的规律，这儿的温度应该是 1500 摄氏度了！”

“是的！”

“那样的话，这儿的花岗岩就不该是固体了啊，一定得熔化了！”

“不过你看花岗石并没有熔化；事实又按照它的惯例推翻了理论。”

“我没法表示同意。不过，这确实使我很惊讶。”

“看看温度表，有多少？”

“27.6 摄氏度。”

“所以科学家们多算了 1474.4 摄氏度！可见，所谓地球温度随着深度加大而升高的说法是错误的。所以亨夫莱·达威是对的，我相信了他也是对的。你还有什么话说？”

“没有了。”

其实我心里憋着一肚子的话要说。我是无论如何不会同意达威的理论的。尽管我没有感觉到地心的热量，但我想一定存在着地心热。

不过我没有再和他争辩，我只是就目前的情况向他提出一件事：

“叔叔，我同意您的计算是准确的，不过请允许我做出一项推论。”

“快说吧，我的孩子。”

“在冰岛的纬度上，地球的半径大约是 4749 英里，对不对？”

“4750 英里。”

“就算 4800 英里，我们已经走了 4800 英里中的 48 英里，也就是说我们走了一百分之一？”

“没错。”

“跑了 20 天？”

“对。”

“这就是说，我们还得 2000 天也就是说大约五年半才能到达地心？”

教授没有说话。

“此外，如果我们每往前走 250 英里同时也就下降 40 英里的话，那我们就必须朝着东南方向水平走上 2 万英里。如此看来，在到达地心之前，我们已经走出地球去了！”

“你这都是什么乱七八糟的！”叔叔生气地说，“这种假设无聊之极！谁告诉过你这条通道不能直达地心？再说，前面不是有人这么做了嘛！阿克赛，如果你再这样想的话，那你就闭嘴吧！”

看见叔叔真的生气了，我只有先保持沉默。

“现在，”他问，“流体压力计上指着哪里？”

“压力很大。”

“嗯，你看到没有，我们在慢慢下降的同时，逐渐地习惯了空气的密度，没有一点儿难受的感觉！”

“就是耳朵里觉得有些痛。”

“没关系，你只需加快呼吸节奏，耳朵就不疼了。”

“好吧，”我说，决定不惹他生气，“不过这密度一定会越来越大吧？”

“是的，不过，还无法确定它的增大幅度。现在只能确定越往下走，重心越小。因为物体在地球表面的时候，受重力影响很大，一旦到了地球的中心，也就没有重量了。”

“那么，由于压力的增强，最后空气的密度会和水的密度相等？”

“当然，只要在 710 个大气压力下，它就会跟水的密度一样了。”

“如果再低一些呢？”

“再低，那么密度就会更大。”

“那么，我们怎么下去呢？我们要浮起来了！”

“我们可以在口袋里装满石头。”

“叔叔，你可真有办法。”

不过很明显，当空气在几千个大气压力下的时候，一定会变成固体，那时候即使我们的身体能吃得消，也只好停止前进了，所以不必做什么推论了。

不过我没有把这一点说出来，因为叔叔一定又会把他的那位不朽的萨克奴姗提出来反驳我的。其实他举出这位前人是毫无意义的，用一件很简单的事就可以说明这位冰岛学者的旅行根本不是事实。16

世纪时，还没有发明气压计，也没有发明压力计，萨克奴姗怎么能断定他到达了地球中心呢？

所以我不再说话，只是等待着，看会发生什么事情。

这一天的其余时间都在计算和谈话中度过。我经常赞同黎登布洛克教授的意见，并且羡慕汉恩斯竟然能不动声色，始终平静如常。他一点儿不考虑原因和结果，命运要他到哪里，他就盲目地跟到哪里。

第二十四章 只剩我一个人

可是接下来，却发生了一件我永远不会忘记的事：我终于在这深不可测的地底下走失了！

应该承认一切还算顺利，如果我们不再遇到更大的困难，那么我们就会达到地心的。那将是多么荣耀的事啊！

有好几天，陡峭的斜坡有时直得可怕，这些斜坡把我们带到很深的地方。有时候，我们可以一天之内向地心深入 3～5 英里。在这些可怕的下降过程中，汉恩斯的聪颖和冷静帮了我们的大忙，如果没有他，我们绝不能走过这些斜坡。

可是接下来，却发生了一件我永远不会忘记的事。

8 月 7 日，我们终于来到了位于地下 90 英里的地方，当时我们离开冰岛已经有 600 英里了。

这一天，坑道的斜坡相当缓和。我走在前面，一边走，一边仔细地观察着花岗岩石层的情况。

当我突然转过身来时，却发现只剩下了我一个人，我想一定是自己走得太快，把叔叔他们甩在后面了。我决定返回去找他们。

我往回走了有半小时，边走，边侧耳细听，看看有没有人呼唤我。这儿的空气密度大，声音可以传得很远。有人呼喊，我一定能听见。

可是漫长的坑道里异常静谧，我不由得感到一阵阵紧张。

还好，在这个迷宫里，我有一位很有把握的向导，它就是那永不会断的线——忠实的泉水。只要沿着泉水往回走，就一定能找到我的伙伴。

所以，我决定捧起泉水洗洗脸再上路。当我把头伸进泉水中时，我立即惊呆了：我的脚下并没有泉水！地面上是一片干硬的岩石！

我无力地坐在地上，一次次地回顾我是怎样离开泉水的？显然，在这坑道中有一个十字路口，我选择了与泉水流淌截然不同的路！我怎么能找到他们呢？如果找不到他们，那我就将在饥渴的煎熬之中，孤独地死在这条坑道中吗？

在这孤独无援的地心，我绝望地想到了地面上的一切——汉堡、科尼斯街的房子、我可怜的格劳班。难道说我就要和这一切永别了吗？

“啊！叔叔！”我绝望地喊着，却没有任何回音。我想，那个不幸的老人一定也在寻找我，他也一定非常难过。

当我感到没人能够救我时，我想到了上帝。我开始祈祷，在祈祷中，我的情绪慢慢地镇静下来，我仔细想了想我当时的处境，我还有三天的粮食，我的水壶也是满满的。

但是，不管怎样，我也决不能一个人在这儿再待下去。我必须回到那该死的十字路口，那里有泉水的引导，我可以重新回到斯奈弗的山顶。

我站起身来，扶着铁棒，朝着坑道上方走。前半小时，并没有什么障碍。我本想通过坑道的形状和某些突出的岩石和地面的凹凸来认路，可我却很快发现，这条道不可能帮我回到原路，因为这是一条死路，一条无法逾越的石壁。

我无法描写我的恐惧和失望，我的最后一线希望就在这个花岗岩壁上被粉碎了。丢失在这个四面不通的迷宫里，我是注定要走上最可怕的死亡之路的。还有，如果我的那具变为化石的遗体，在这地下 90 英里的地方被人发现，那就一定会引起热烈的科学争论。

我想高声说话，可是只有沙哑的声音从我干燥的嘴唇里发出来，我站在那里喘着气。

就在这个痛苦的时刻，又有一个新的恐惧向我袭来：我的灯摔坏了，而我又没有任何修理工具，我只有任由它的光亮逐渐地变暗直到熄灭！

当灯光完全消失的时候，我陷入了深沉的黑暗之中。我禁不住恐惧地大吼了一声。

要知道，在地面上，即使是在伸手不见五指的地方，它也不是一点点光亮也没有的，只是光很小、很弱罢了。但是这儿，却一点点光都没有，我是完全变成绝望的瞎子了。

我无助地站起来把手伸在前面困难地摸索着，在这困人的迷宫里，我漫无方向地走着。恐惧使我紧张得险些发了疯，我叫着、喊着、吼着，终于，我无力地倒下了！

第二十五章 希望

在阿克赛心灰意冷时，突然听到了叔叔的声音，虽然模糊、遥远，可是却给了他希望。

不知过了多久，我终于恢复了知觉。我流着泪，一个人在这黑暗中忍受着这份孤独！

突然，一个很响的声音在我耳边掠过，仿佛是一阵闷雷。它的音波慢慢地在这深渊的远处消失了。

这声音是从哪里来的？一定是地底下发生了什么变化，气体爆炸或岩石层塌陷！

我把耳朵贴近岩石，好像听到有人在说话，声音是那样模糊和遥远。

我心里想："这也许是幻觉！"

但是仔细再听，并非幻觉，确确实实是喃喃的说话声。虽然听不太清，但是我可以肯定，这是人的说话声！

我又挨近了几英尺，这样能听得清楚些。我听到低低的几个字，其中一个就是"迷路"，这句话的语调很哀伤。

"我"难道真的和大家走散了？想想看，在这样的环境里，那可真叫"叫天天不应，叫地地不灵"！

是叔叔的声音!

“救命啊!”我使尽了一切力气喊着。

声音传播得并不快，漫长的几秒钟以后，我终于听到了回声:“阿克赛，阿克赛，是你吗?”

终于有了一线生机。

“是的。我迷路了，这儿漆黑一片!”我几乎呜咽着回答。

“你的灯呢?”

“灭了。”

“孩子，别灰心!打起精神来!”叔叔又说。

“哦，叔叔，我累极了，我只想歇一会儿。”

教授不断鼓励，叫“我”不要放弃。

“听我说，孩子!”叔叔说道，“我们现在仅仅是能听到声音，还不能碰面。所以，你还得打起精神来!”

听了叔叔的话，一线希望又回到了我的心里。我把嘴唇贴在岩壁上喊道:“叔叔!”

“哎，我的孩子。”不到几秒钟声音就传过来了。

“我想知道我们相隔有多远。”

“那容易。”叔叔回答道。

“您有时辰表吗?您把它拿出来叫我的名字，并注意确切的时间，我一听到您的声音就重复一遍，您再看清我回答的时间。”

“好的，把我喊你的时间除以二，就是声音传播的时间。”

“是的，叔叔。”

“你准备好了吗?”叔叔问。

“准备好了。”

“好，开始喊吧。”

我把耳朵紧贴在岩壁上，听到我的名字后，我立即回答一声“阿克赛”，然后静静地等待着。

“40 秒，”叔叔说，“也就是说，我的喊声传到你那里需要 20 秒，声音每秒钟传播速度为 1020 英尺，因此，我们相隔有 20400 英尺，不到 4 英里。别担心，阿克赛，4 英里没有多远的。”

教授在关键时刻用他娴熟的专业知识救了“我”的命。

“那我该往上还是往下呢?”

“下去，听我的，一定没错，我有科学依据。勇敢点儿，阿克赛，我们马上就会相见的!”这时传来叔叔鼓励的话语。

这种奇怪的传声现象可以用物理学上的定律加以解释，它是由地道的形状和岩石的传导率决定的。有很多地方发生过这种传声现象，比如伦敦的圣保尔教堂的低声坑道，特别是狄奥尼细阿斯的耳朵——西西里的叙拉古的石坑。在石坑里一个地方发出的低语，可以在另一个远地方清楚地听到，而且只有那儿能够听到。

作者利用这件事又告诉了读者一个科学原理。

从这些例子可以判断，我和叔叔之间并没有什么障碍。我振作起来，决定再向下走。

这个下降的坑道也很陡峭；我拖着脚走或者滑下去，很快，并且下滑的速度在加快，快得让人害怕。忽然我脚下的地裂开了；我发现自己从笔直的坑道里跌下去，头撞在尖硬的岩石上，失去了知觉。

在这样一个一切都未知的地方，每一步都危机重重。

又不知过了多久，当我苏醒的时候，我发现自己正躺在厚毯子上。

终于得救了！

叔叔一直紧紧地盯着我的脸。当我叹出第一口气时，他立刻发出一声欢乐的叫声：

“亲爱的孩子，你得救了！”

“嗳，叔叔，请你告诉我现在我们在哪里？”

“先别急，阿克赛，你头上还有伤口呢！至于到了哪里，明天你就会知道的。”

“但是至少要告诉我现在几点钟了，今天是几号？”

“现在是晚上 11 点，今天是 8 月 9 日。10 号早晨之前，你不要提任何问题了。”

我的确虚弱得很，马上就又睡着了。

第二天醒来的时候，我向四周看看。我那用旅行毯子铺成的床就设在可爱的山洞里，山洞装饰着钟乳石，洞底平铺着一层细沙。虽然没有火把，但洞里的景物还是能看得清楚。

经历过这次差点儿丢了命的磨难，“我”多么想回到地面上啊！

“这是从岩石缝中透过来的光，”我心想，“我也真的听见了风声和涛声。我们是不是已经回到地面上来了？叔叔是不是放弃了这次远征？”

正当这些问题在我心头萦绕的时候，教授进来了。

“早，阿克赛，”他高兴地说，“你一定感觉好多了吧！昨晚我和汉恩斯轮流守着你，你睡得很香。”

“我是好多了！”我回答。

“马上就可以吃早饭了，孩子，你的烧已经退了。

汉恩斯在你的伤口上涂了一些很好的冰岛药膏，这药膏可以很快地治好你的伤口。”

他一面说，一面给我食物，并告诉我他们找到我的经过。

也是机缘巧合，当时我一跤摔下去，摔到了几乎垂直的坑道的尽头，与我一起下坠的还有一股岩石流。这股岩石流并没有压着我，反而顺势将昏迷不醒的我送到了叔叔的身边。

机缘巧合：机遇和缘分都非常凑巧，说明“我”实在是非常幸运。

“你能活下来真是奇迹!”叔叔对我说，“愿上帝保佑，让我们别再分开了；如果再分开，就可能永远不会见面了。”

“别再分开!”如此说来，我们的旅行还没有结束吗？我惊奇地睁大了眼睛。叔叔见状，连忙问我：

“你怎么了，孩子?”

“我正想问您，我现在一点儿问题都没有了吗？我的四肢都完整无缺吗?”

“当然。”

“我的头呢?”

“一点儿小的挫伤。”

“那是我的脑子受到影响了?”

“为什么这么说?”

“我们还没有回到地面吗?”

“当然没有。”

“那么我一定是神经错乱了，因为我好像见到了阳

神经错乱：指像犯了精神病一样。

光，听到了风声和波浪澎湃的声音！”

“哦，是这样啊。”

“你不想解释吗？”

“我不能解释，因为这是无法解释的；可是你会明白的，你也会同意地质科学还是有值得学习的地方。”

“让我出去看看！”我叫着，一面很快地站起来。

“不行，阿克赛，不行！你不能吹风！”

“风？”

“是的，风相当大。我不能让你这样出去。”

“可是我告诉你，我真的完全好了。”

“再忍耐一下，孩子。如果你重蹈覆辙，就要浪费时间了，浪费时间是一件很可惜的事，因为摆渡需要很长的时间。”

摆渡：乘船过河。

“摆渡？”

“是的。今天完全休息，明天我们就要坐船了。”

“坐船”这两个字使我非常兴奋。这是一条河还是一个湖呢？或者是一个海？里面是不是停着一条船？

当然，“我”兴奋异常，只有陆地上面才会有海。

我想出去看看，可是叔叔拉住我，不让我出去。我只能穿好衣服，还在身上披了毯子，免得让风吹着。

情境赏析

“我”这次竟陷入了绝境的危机中，不仅和队伍走散，还弄坏了照明设施。在这“叫天天不应，叫地地不灵”的绝境中，“我”已近绝望，而在教授不懈的鼓励和他娴熟的专业知识帮助下，“我”终于走出绝境，捡回一条命。而醒来后，当“我”听到风声、海浪声时，劫后余生的恐惧和不安后遗症使“我”误以为回到了地面。

名家点评

现代科学只不过是将凡尔纳的预言付诸实践的过程而已。

——（法）利奥泰

第二十六章 地壳中的大海

当他们来到一个巨大的山洞时，一片大海展现在眼前，它无边无际，深不可测。

难道“我们”真的回到了地面？

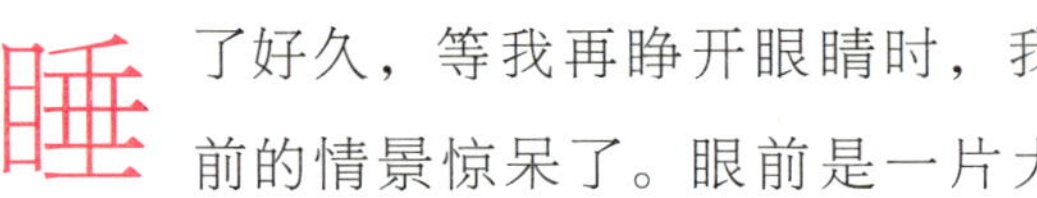

睡了好久，等我再睁开眼睛时，我不禁被眼前的情景惊呆了。眼前是一片大海！怪不得我听到波浪澎湃的声音呢！

叔叔高兴地说：

“这是黎登布洛克海——我有这个权力为这片海命名！”

虽然荒凉，但它有丝毫不逊于陆上真正的海的宽广、辽阔。

这一片水就是一个大湖或一片大海的源头，它水面宽广，一望无际。金色的细沙滩上散落着无数的小贝壳，波浪撞击着海岸，浪花飞溅；起伏曲折的海岸把金黄色的沙滩送给了澎湃的波浪。在微斜的海滩上，竖立着巨大的岩壁。远处，是烟雾迷蒙的海平线，这是个真正的海，可是却偏僻荒凉。

在大海的上方，有可称为“天空”的圆顶，也就是由移动和变化着的水蒸气所组成。这些水蒸气只要凝缩就能化为倾盆大雨。然而当时“天气很好”，光线投射在很高的云层上，产生出一种奇异的景象。云彩间有很多阴影，在两片云朵之间，常常有一道很强的光，一直照射到我们身上。

我们确实是置身于这个巨大的洞穴里了。我们判断不出洞穴到底有多宽，因为海岸向两边延伸着，看不到尽头；我们也无法知道它的深度，因为我们只能隐约地看到一个模糊不平的地平线。至于它的高度，肯定有十几英里高。总之，用“山洞”一词并不足以描述这么巨大的空间。对于一个深入地底做探险旅行的人来说，人类的词汇真是太贫乏了。

当然会贫乏，因为还没有人这样做过。

我不知道地质学上有什么原理可以解释，这个巨大的山洞的存在，是不是地球上的冷热使然？由于我喜欢看书，对一些地球上有名的洞穴还是知道一些的。可是，即使是美国肯塔基州的大钟乳洞，也不能和我目前正在仰望着的、圆顶上布满了云朵、发着电光、底下是一片大海的山洞相比。

我静静地凝视着这些自然奇观，找不出能表达我此时此刻内心感受的字眼。

而叔叔却已看惯这些奇观，所以对于它们已经不再表示惊奇。

“你已经有力气散步了吧?”他问我。

“当然。”我说。

“好吧，阿克赛，我们跟着曲折的海岸线走。”

于是我们便沿着这个新发现的大海开始漫步起来。

排比句，描绘了这片“大海”壮丽的景色。

在我们的左边，岩石陡峭，层层叠叠；在岩石的侧壁，条条瀑布飞泻，宛如水帘；岩石间几缕轻雾飘荡，表明那里有一个个的沸泉；小溪则缓慢而平静地流向大海，那潺潺的流水声，宛若仙乐，动听极了。

有海洋，有森林，多么奇妙的地下世界！

这时，我注意到在前面500步的地方有一个高而密的森林。树的高度适中，远远望去，呈规则的阳伞状。

我加快了脚步，急于想弄清楚这些树种的名称。而叔叔立刻叫出了它们的名字。

“这是一片蘑菇森林。”叔叔说。他没有认错。可以想象，这种喜阴爱湿的植物在这儿长势有多好。它们多达千株，直径高达三四十英尺，它们密集地生长着，仿佛非洲城市里的圆屋顶。站在这些圆屋顶下，寒气逼人。

除了这巨型的蘑菇，这里还分布着许多比较低级的藻木。它们体积庞大，有高达100英尺的石松、巨大的封印木，还有长着圆柱形分叉枝茎和长叶子、满身皮刺的林木。

“真惊人！真奇妙！真壮观！”叔叔嚷道，“我们在这里遇到了世界上第二时期——过渡期的植物。这些今天在我们花园里的低级植物，在地球诞生之初竟会如此高大。”

这就是造物主的巨大魔力。

“对，叔叔。上帝似乎有意要把这些古老的植物保存在这个巨大的温室中呢。”

“这的确是个温室，不过，这里也是动物展览馆。

不信，你看我们现在踏着的这些灰——这些分散在地上的骨头。”

“骨头！”我惊喜地喊道，“是的，它们是——古代动物的骨头！瞧，叔叔，这是乳齿象的下颌骨；这是猛兽的臼齿；这是那些巨兽中最大的一种——大懒兽——的大腿骨。这真是一场意味无穷的动物展览啊！只是——”

“只是什么？”

“我不懂这个洞穴中怎么会有这种四足动物出现。”

“为什么不可能？”

“因为只有当灼热的岩浆被沉积地层代替以后，地上才有动物。”

“不错，阿克赛，这里的地层正是属于沉积地层。”

“怎么？在地底下这么深的地方会有沉积地层？”

“当然，这完全可以在地质学上得到解释：有一段时期，地壳是有伸缩性的，由于引力的关系而不断发生变化。很可能当它陷下去的时候，有一部分沉积地层被带到突然裂开的地缝中去了。”

教授的专业性总是很强。

“那么说，古代的动物也曾经生活在这些地下的区域里喽？那它们也许还在这个幽黑的森林里徘徊，或者躲在某块岩石后面？”说完这话，我不免有些恐惧，赶忙朝身后看了看。

徘徊（páihuái）：在一个地方来回地走；比喻犹豫不决；也比喻事物在某个范围内来回浮动、起伏。

我感到十分疲乏，所以跑去坐在海角的边缘上，任波浪打在下面的海角上发出很响的声音。从这里我可以看见整个海湾，在曲折的海湾中间还可以看到一个小小的港口夹在角锥形的岩石中间。

我们的确是这个地下世界里仅仅活着的动物。风停的时候，干燥的岩石和海面被一种比沙漠里更加死寂的寂静笼罩着。这时候，我想穿过远处的大雾，揭开遮在这萧条的地平面上的幕幔。从我的嘴唇里提出了什么样的问题啊！这个海是怎么样了结的？它通向哪里？我们能看到对面的海岸吗？

叔叔并不担心这些问题，他像是胸有成竹似的。可我既想知道答案，又怕知道答案。

整个地球人类中，还有谁能看到这样雄奇的景色呢？

我对着这些了不起的景色凝视了半小时以后，我们又沿着海岸的路，回到了洞穴。由于受了这些奇怪的思想影响，我很快就睡着了，而且睡得很好。

情境赏析

劫后余生的“我”看到这几千米地下的大海时，不禁万分惊诧于它的雄奇壮阔，以至于“我”最初以为教授在“我”昏迷期间已经放弃这次探险，而回到了地球表面，也难怪，整个地球人类中，谁能想到在这样深的地下还会有大海，更不消说谁会有幸一睹它的风采了！

名家点评

凡尔纳是我的领路人。

——（法）伯德

第二十七章 化石木筏

由于化石木具有特殊的质地，汉恩斯将它做成了一只木筏，于是，他们准备远航了。

第二天吃过早饭后，叔叔提醒我“大海”涨潮了。

“涨潮?”我有些不大明白。

“当然。这片海洋也是地球的一部分，它也同样受到太阳和月亮的影响啊。”

于是我们站在海边，并且看到海里的波浪慢慢向着海岸逼近过来。

“阿克赛，我断定潮水要上升 10 英尺左右。”叔叔说道。

“这太奇妙了！有谁能够想到在这地底深处，竟然会有一大片海，而且还有潮汐、海风和暴雨?”

“这再也正常不过了，自然界有哪一条定律规定地下不许有大海呢？任何理论都不能否定地球内部存在着海洋和陆地。只不过，这些海洋和陆地是无人居住的。”

“可是，为什么水里没有出现一些不知名的鱼呢?”

“啊，这不得而知。”

“要不咱们来做几根渔竿，看看能不能钓上几条鱼来?”

“我们来试试，阿克赛，我们一定要搞清楚这些新地方的一切秘密。”

“从你的仪器上看，我们现在在哪里，叔叔?”

“从地平面来讲，我们现在离开冰岛 1050 英里。”

“我们还是向着东南方前进吗?”

“没错。只是罗盘的倾斜度，让我看到一个奇怪的现象。你看，阿克赛，罗盘的指针并不是像在北半球那样向着极端下倾，而是相反地向上指着。”

“这是什么意思? 难道磁极在地面和我们的中间?”

“完全准确。”

“我们目前在地下多深的地方?”

“150 英里。”

“所以，”我看看地图说，“苏格兰的山区就在我们上面，我们头上许多英里都是白雪皑皑的格兰扁山峰。”

“是的，”叔叔笑着回答，“我们头上可是顶着沉重的力量呀，还好它的结构是很扎实的。大自然真是个伟大的建筑师!”

“现在，叔叔，我们是不是应该回到地面上去?”

“恰恰相反，我却想继续前进呢!”

“可是我们怎么才能钻到这个大海底下去?”说完，我情不自禁地向周围看看有没有可以载运我们的船只。可是，没有船。

“不要急，孩子，我们将有一只结实的好木筏。你听，汉恩斯已经在工作了。”

我和叔叔向着叮叮当当的声音走过去，果然，在汉恩斯的旁边，有一只刚刚完工一半的木筏已经躺在沙滩上!

“汉恩斯，”我喊道，“你用的是什么木材？”

“松树、铁杉、白桦和各种北方的树木，这些树木由于海水的侵蚀，都已经含有矿质。”

“真的？”

“这就是 surtarbrandur，也就是化石木。”

“那么它们一定硬得像褐炭一样，而且重得浮不起来了吧？”

“有时会这样。这些木头有时变成了煤，另外一些，就像我们看到的这样，只有一部分已经变为化石。你看——”叔叔补充着说，一面把一根宝贵的圆木掷进海里。

这块木头起先不见了，后来又升到波浪的表面，摇摇晃晃地漂浮着。

第二天晚上，能工巧匠汉恩斯便把木筏做好了。这木筏有 10 英尺长，5 英尺宽。化石木由结实的绳索连在一起，构成了很牢固的一大块平面。这只临时制成的小船一放到水里，立刻在海上漂浮起来。最为有趣的是，桅杆是用两块连在一起的桶板做的，帆是用我们的毯子做的，虽然简陋之至，但一切都很令人满意。

第二十八章

现在，阿克赛要把按照事实忠实记下来的日记抄在这里，以便大家更详细地了解航行。

8月13日，早上6点钟，我们把粮食、行李、仪器、武器和大量新鲜的水都放在木筏上以后，就张帆出发了。

出发前，我恋恋不舍地看了一下大海和我们赖以停留的小港——在叔叔的提议下，我们已经把它叫“格劳班港”了。这个名字，把我心爱的姑娘和这次远征成功地联在一起了。

木筏顺风顺水，急速地漂流着。

“如果我们就这样前进，”叔叔说，“这一天至少可走90英里，不久就能到达更远处的海岸了。”

中午时分，海面上漂浮着大团大团的海藻。这种海洋植物生命力极强，繁殖能力惊人，仿佛巨大的大蟒蛇一样伸展到没有止境的远方。我生怕它们阻碍大船的行进，只好紧紧地盯着这些海草。可是好几个小时过去了，我的耐心等待始终没有结果。

创造出这种植物的该是多么伟大的自然力啊！

不知不觉，夜色已经来临，可是正如我在前天观察到的那样，空气的光泽却仍未消失。晚饭以后，我摊开四肢躺在桅杆脚下，不久就睡着了，并且沉迷在甜蜜的梦乡里。

汉恩斯一动不动地掌着舵柄。

自从在格劳班港口出发以后，叔叔就叫我负责写“海上日记”，把这次新奇的航行中发生的一切事情全记下来。于是，我只好忠实地记录着这些所有的细小事物，风向、航程、航速、航程中的有趣现象，等等。下面就是我记录的日记：

8月14日，星期五，刮着稳定的东北风。木筏航行得快而直。海岸大约已在90英里以外。地平线上一无所有。光的强度不变。天气很好，云淡而轻，温度表上指着32摄氏度。

中午，汉恩斯把鱼钩系在线上，拿一块肉当鱼饵，然后放进海里。两个小时过去了，没有动静。后来感到线上动弹了一下，汉恩斯把线拉起，线头的鱼钩上钓着一条用力挣扎的鱼。

“一条鱼！”叔叔喊道。

这条鱼，它的头部平而圆，身体的前部都是骨盘，它的嘴里无牙，身上有很发达的胸肌，可是没有尾巴。这条鱼肯定属于博物学家们定名为鲟鱼的那一族类，可是在主要的地方又与鲟鱼不同。

叔叔稍加观察之后说：

“这条鱼属于灭绝了很久的族类，只有在泥盆纪的地层里才能发现。”

“这么说，”我说，“我们果真捕捉到一个在原始海洋中生活的居民了？那么它属于哪一类呢？”

“属于翼鳍类。这种鱼有一个特点，它的眼睛是瞎的——凡是地下水里的鱼都有这个特点。它们不但眼瞎，而且根本就没有视觉器官。”

我拿起那条鱼检查了一下：果然如此。

两小时后我们又钓到大量翼鳍类的鱼，以及其他已经绝种了的鱼——双鳍鱼，这种意外的收获可是让我们换了不少的口味了。

从我们所钓到的鱼来看，有一点肯定无疑，在这片大海中生活的鱼类，全都是一些古老的动物属类，它们与爬行动物一样都进化得十分完善，因为它们在远古时代就出现了。我抬头仰望苍天，心想，不朽的屈费尔曾经复制过一些鸟的标本，为什么这种鸟不能在这沉闷的空气里运用它们的翅膀呢？鱼可以供给它们足量的食物。毋庸置疑，天空和海上似乎同样没有生物。

然而我的幻想把我带到了古生物学的奇妙的境界，我也沉迷在白日梦里。我梦想在这些水面上看到巨大的象龟——像浮着的岛一样的古代鳖鱼。在昏暗的海岸上，我似乎看到神经麻木的棱齿兽——躲在岩石后面的巨大的貘，准备和无防兽抢肉食。无防兽是一种和犀牛、马、河马以及骆驼有密切关系的怪兽。巨大的乳齿象摇晃着它的身躯，用它的长牙撞着岩石；大懒兽蜷缩着四肢在地上掘土，它的咆哮激起了回声。上面，原猿——第一只猴子——爬在险峻的高处。再上面，翼手龙用长着翅膀的爪子，像只大蝙蝠那样在稠密的空气里飞翔。更上面，比食火鸡还强有力、比鸵鸟更大的巨鸟展开着宽大的翅膀，把头碰撞着花岗石的顶面。

在这个星云的中心，我穿过了星际空间，我的身体一直在分化开来，直到最后成为一粒轻得不可测量的原子，穿过这个火光熊熊的宇宙中巨大轨道之间的无限空间！

多么惊人的梦境啊！在我强烈的幻想中，我已经忘记了教授、向导和木筏——

“小心，阿克赛，你会掉下海去的！”随着叔叔的一声高叫，我发现自己被汉恩斯紧紧地抱住。如果没有他抱住我，受了梦的影响，我一定已经掉进海里的波浪中去了。

“你怎么了，阿克赛？”教授大声说。

“我刚才做了个梦，一个白日梦，不过它已经过去了。现在，一切都很好吗？”

“很好，风平浪静。”汉恩斯说。

“不错，风平浪静！我们走得很快。如果我的估计不错，我们很快就要靠岸了。”叔叔满意地说道。

一听这话，我站了起来，向前望去，仍然是水天一色，不见陆地的影子。

第二十九章

海面大搏斗

这些怪兽在步步紧逼，它们围着木筏在转来转去，那速度比快速列车还要快。

8月15日，星期六，海仍旧是那么单调，毫无变化，没有一点儿陆地的影子。

叔叔的心情似乎格外烦躁。他戴着眼镜四处张望，交叉着两条胳膊，显出一副不耐烦的样子。

“你怎么了，叔叔？”我见他老在那儿举着望远镜观察，不禁问道，“我们现在航行得很快呀！”

“目前我们并不是在下降！”教授面色凝重地说道，“这一切都是浪费时间。”

“可是，”我说，“由于我们是在跟随着萨克奴姗指明的道路走——”

“问题就在这儿。我们走的是不是他走过的那条路？他当初是不是也遇见过这个海呢？我们当成指南的那条泉水会不会引错了路呢？”

“不过我们总不能后悔到这儿来。这一片奇观——”

“我们到这里来并不是欣赏风景的。我有一个目的，一定要达到！”

我接受意见，让叔叔独自咬着嘴唇去发急。汉恩斯要他的薪水，叔叔数了三块钱给他。

8 月 16 日，星期日，一切如旧。天气和昨天一样，只是风稍微有点儿凉意。我醒来第一件事就是看看光线怎么样。光线还是那样，船影清楚地映在水面上。

这个海确乎是无边无际！它也许与地面上的地中海相等，甚至像大西洋一样宽广。

叔叔为了测量水深，用 1200 英尺长的绳子系住了一把沉重的镐放进水去。当镐被拉起来的时候，汉恩斯用手指了指镐上的痕迹。在他的示意下，我小心地检验了镐的铁把，惊奇地发现：这块铁上有一些粗大的牙印。这是怎么回事呢？水下还住着巨兽吗？

8 月 17 日，星期一，我正在设法回忆侏罗纪动物的特点。它们体积庞大，力大无比，就是今天的鳄鱼也不能与它们的祖先相提并论。

一想到这些巨大的怪兽，我禁不住汗毛倒竖。我惶恐不安地望着大海，害怕从海底窜上一只怪兽来。

叔叔似乎已经明白我的想法，因为他检验了铁镐以后，也对海洋仔细扫视了一番。

我忐忑不安地看了看我们携带的武器，它们全都在，我的心里稍稍踏实了一点儿。

突然，水面开始剧烈地动荡起来，说明水底在骚动，危险就在眼前。

8 月 18 日，星期二，夜色来临，我和叔叔睡着了，汉恩斯继续把舵。

两小时以后，我突然被一种巨大的震动惊醒。木筏被一种无法形容的力量从水面上顶了起来，并且给推到 100 多英尺以外。

“这是什么？”叔叔喊道，“我们是不是触礁了？”

汉恩斯指着1300英尺左右的远处，那里，有一大块黑色的东西正在一上一下地游动。我立即叫道：

“大海豚！巨大的鼠海豚！”

“对，”叔叔回答，“还有一条巨大的海蜥蜴。再过去有一条巨大的鳄鱼！天哪，那颚骨好大！还有那大牙！”

“还有一条鲸鱼！”我接着喊道，“瞧，它的鼻孔还在喷水哩！”

的确，海面上喷出了两股又高又大的水柱。眼前的这些大怪兽，可把我们给吓坏了！它们中最小的也可以用牙把我们的木筏给咬碎。汉恩斯连忙转动舵把儿，想让木筏顺风行驶，尽快逃出这危险区域；可是，木筏的另一侧，也有怪兽，一只40英尺长的海龟和一条30英尺长的海蛇，那大海蛇的脑袋还高高地竖在海面上呢！

要逃出去是不可能的。这些怪兽在步步紧逼，它们围着木筏在转来转去，那速度比快速列车还要快。别无办法，我们只好抄起武器，虽然，我们明白子弹是穿不透它们那厚实的鳞片的。

我们惊恐万状，正在举枪准备射击的时候，汉恩斯用手势制止了。那两头巨兽从木筏300多英尺的地方游过去了，相互朝着对方猛扑上去。双方都愤怒相对，根本就没有看到我们。

这场战斗在500英尺以外开始，我们可以清楚地看到这两头挣扎着的巨兽。现在似乎其他的野兽也来参加这场战斗，有鼠海豚、鲸鱼、海蜥蜴……我把它们指给冰岛人看，可是他摇摇头。

“两头。”他用丹麦语说。

“什么，两头？他说只有两头巨兽——”我转向叔叔求证。

“他说对了，”叔叔戴起眼镜喊道，“其中一头巨兽有鼠海豚的鼻子、海蜥蜴的脑袋和鳄鱼的牙齿，所以我们就给看混了。这是古代爬虫类中最可怕的鱼龙!”

“另外一头呢?”

“另外一头是长着龟壳的大海蛇，它是鱼龙的死敌，名叫蛇头龙!”

汉恩斯是对的，确实只有两头，可是它们却把海面搅得翻江倒海。一小时、两小时过去了，战斗还在照样进行，战斗者时而接近木筏，时而离去。我们待在木筏上不敢乱动，时刻准备开枪。

忽然这两头海兽都不见了，水面上形成了一道真正的涡流。是不是这场战斗将在海底结束?

突然，蛇头龙的脑袋伸出了水面，这家伙显然已经受伤，甲壳已不知去向。只见它那长颈仍然抬起、落下、蜷曲、绕圈，像条巨大的皮筏子那样打着波浪，并且像被截断的蠕虫那样拧扭着，溅起了一片片的水花。垂死挣扎的蛇头龙渐渐地力气消失殆尽，身子不再扭曲，最后，它终于一动不动地漂在复归平静的水面上。

至于鱼龙，它是不是潜回到海底的洞穴里了?它会不会再次浮出水面呢?

第三十章

海中小岛

大地仿佛是充满了高热的蒸汽的锅边，在教授等人的脚下抖动着——热得像火烧一样。

8 月 19 日，星期三，上帝保佑，大风把我们很快地吹离了战场。

8 月 20 日，星期四，风向东北偏北，温度很高。我们的航速为每小时 10 英里。

中午时分，听到远处有一种声音——一种不断地低吼，不知是什么声音。

教授说："也许是浪涛在拍击岩石。"

汉恩斯爬到桅杆的顶上，但是看不见岩石。

大约 4 点钟，吼声越来越喧闹，汉恩斯重新爬到桅杆上面。他向四周的地平线环顾了一下，最后他的视线停留在某一点上。

过了一会儿，汉恩斯从桅杆上下来，指着南方说："那边！波浪上升起一个巨大的喷口。"

"又是一头海兽？"

"有这个可能。"

"那么我们再使木筏往西些，因为我们已经尝够了这些怪兽的滋味！”我提议。

“不，一直往前。”叔叔回答道。

我转身看看汉恩斯，他却坚定不移地掌着舵。

晚上 8 点钟的时候，我们离开这个喷口只有 5 英里了。那怪兽一动不动，恍如一座小岛在海面上伸展着。它到底是一头什么样的怪兽啊？而我们是不是疯了，竟然向这头巨大的怪兽疾驶而去？我真是怕得不得了，甚至想把船帆的绳索割断，不让木筏再向怪兽冲去。

忽然，汉恩斯站了起来，指着前面用丹麦语说：

“岛。”

“岛！”叔叔大声笑着喊道。

“那怎么会有水柱呢？”我不解地重复着。

“喷泉呗。”汉恩斯说，“就像冰岛上的喷泉一样。”

最初我不相信我会弄出这样的错误，把一个岛误认为水里的动物！但是事实已经被证实了，我只好承认我错了。

随着木筏的临近，水柱愈发高大。那小岛宛如一头巨鲸，伸出水面数 10 英尺高。喷泉气势恢宏，蔚然升起于岛的一端，轰鸣之声不绝于耳。它那巨大的水柱冲天而起，直射天空低层的云彩，在电光的照耀下，水柱的每一滴水都折射出七彩的光芒。

“靠岸。”叔叔说。

但是先得避让喷泉那倾泻下来的泉水，否则木筏将会被冲翻。汉恩斯稳稳地把着舵，木筏安全地驶向小岛顶端。

我跳上岸来，叔叔很快地也跟着跳上来，汉恩斯却依然留在岗位上，显然不为好奇心所动。

我们走在夹杂着硅质凝灰岩的花岗石上；大地仿佛是充满了高热

的蒸汽的锅边，在我们的脚下抖动着——热得像火烧一样。我们看到中央一块小的盆地，喷泉就从这块盆地上升起，我把温度计伸进沸腾的水里：160 度！

这说明水是从热度很高的地方喷出来的。这跟黎登布洛克教授的理论正好相反。我立刻把这一点跟教授说了。

“是吗？何以见得？有什么证明呢？”他说。

“没有什么。”看到他竟这样执拗，我不愿再谈下去了。

我预感到，不久，温度将成为我们的威胁。

“等着瞧吧！”这就是叔叔所要说的。

他用他侄子的名字给这个火山岛命名以后，向我们表示再上木筏。

这时候，我们重新张起帆，沿着南端直立着的岩石的岸边前进。在我们离开的这段时间，汉恩斯已经把木筏整理得很好。我注意到我们已经从格劳班港航行了 810 英里，离开冰岛已有 1860 英里，正在英国下面。

第三十一章 暴风雨危机

狂风呼啸、大浪滔天、电闪雷鸣，面对这急骤的暴风雨，他们除了忍受别无选择。

8月21日，星期五。今天，风力加强，吹得木筏很快离开了阿克赛岛，喷泉的轰鸣声也听不见了。

“天气”似乎要发生变化。大气里充满了带电的水蒸气，云层低低地压在头顶上方，一场暴风雨即将来临。

上午10点钟，风暴来临的迹象更加明显了，云层仿佛是个大口袋，把咆哮的暴风雨装在里面。看来天气要大变了，叔叔却不同意把帆落下来，也不同意把桅杆放倒。他认为，只要暴风雨能把我们带到岸边，他不在乎木筏是否会被打得粉碎！

叔叔刚说完这几句话，南方的地平面上突然起了变化。乌云变成了大雨，空气在猛烈地流动着，狂风骤起。

在这数千米深的地层深处，也有着丰富的天气变化。

木筏被掀起，跳动着，叔叔摔倒了，我赶忙爬到他旁边。可他紧握锚索，似乎还在颇有兴致地欣赏着眼前的壮观景象。汉恩斯一动不动，他那奇特的面孔叫人想起古代人的脸。

似乎没有什么东西能撼动这位向导坚强的心灵。

桅杆仍旧立在那儿，帆船被狂风吹得鼓鼓的，就像一个即将爆炸的气泡。此时的木筏犹如脱缰野马一般飞奔，但是，木筏再快，也没有雨点的速度快。雨滴连成一条线倾泻下来。

“帆！帆！”我喊着，一面做手势要把它拉下来。

“不！”叔叔回答说。

愤怒的大海让人心惊胆战。

大雨形成一道咆哮着的大瀑布，并在前面挡住我们的去路。云幕被撕裂开来，大海向前不停地翻滚，电光闪闪，雷声滚滚，海浪涌起。冰雹砸在我们的金属工具上，击出点点火星。我只好紧紧地抱住桅杆，但狂风肆虐，桅杆被刮得如芦苇秆似的打了弯。

8 月 23 日，星期日。我们被狂风吹着，飞也似的直冲而去，不知现在已经到了哪里。

这一夜，真是恐惧至极，暴风雨持续不断，闪电也不停地划破夜空。有时候，那闪电犹如火球一般，发出爆炸的声响。

云端里仍旧不断地闪射出电光。电分子持续地释放着电能，空气的气体性质显然已经改变。无数的水柱冲到空中，然后又轰然倒下，溅起一片浪花。

温度越来越高，水银柱指着的数字已经看不清楚了……

我们要这样漂流到什么时候呢?

8 月 24 日，星期一。这个海是不是就没有尽头了呢? 气压为什么那么低? 再不会恢复原状了吗?

除了汉恩斯以外，我和叔叔都疲惫不堪。从阿克赛岛算起，我们已经旅行了 500 多英里了。

真是一位合格的、出色的向导!

中午时候，暴风雨更激烈了。我们把一切东西都绑在木筏上，包括我们自己在内。海浪高涌，呼啸着从我们头顶溅过。

叔叔走近我，费劲儿地说了一句，我听着好像是在说“我们完了”，但是我不能肯定他是不是这么说。

在自然的恐怖力量面前，连一贯天不怕、地不怕的教授似乎也没了信心。

我比画着告诉他:“把帆拿掉。”叔叔表示同意。

忽然间，一个火球落在了木筏近旁，桅杆和船帆一下子就被卷走了。

我们顿时吓得动弹不得。这个半蓝半白的火球，以极快的速度在暴风雨的冲击下滚动着。<u>它到处飘荡，落在木筏的木板上；落在粮食口袋上，轻轻地跳了几下；然后，它就直冲着汉恩斯而去；最后又飞到叔叔和我的身边徘徊。</u>我想躲开，可是无法如愿。因为这个带电的球已经吸住了所有的铁器：仪器、工具和枪都摇撼着并且发出当啷当啷的声音，我鞋底的钉子被牢牢地吸在了绑在木头处的铁板上。我的脚似乎要被火球吞噬了，正在这千钧一发之际，我猛一用力，把脚收拢了回来。

排比句。描述了一个新的危险——大火球。

突然，一股强光出现，火球爆炸了！火星四下飞溅。

一切复归暗淡，我看见叔叔仰卧在木筏上，汉恩斯仍然掌着舵，他全身带电，像个“喷火人”。

在自然力量面前，人类显得越发渺小。

8 月 25 日，星期二。我昏迷了很久，醒来时，暴风雨仍继续着——闪闪的光亮好像一条条蛇。

我们还在海上吗？是的，我们以一种无法计算的速度前进着。我们已经过了英国、英吉利海峡、法国，也许已经过了整个欧洲……

又有一个声音传来——海水在拍击着岩石！突然……

第三十二章

奇怪的指南针

无论阿克赛怎么拨动指针，指针最后总是回到原先的位置。指南针失灵了？

汉恩斯又一次发挥了他独特的作用。

我们触礁的时候发生了什么，我不知道。只觉得我已经掉到海里去了，而我后来知道，我之所以没有死，全亏汉恩斯用有力的胳膊把我从深渊中救了出来。

雨继续下着，甚至比先前的更大更密，但这却预示着这场大雨已经是强弩之末，下不了多久了。我们在岩石下面躲雨，汉恩斯准备了一些食物，但我和叔叔却无心享用。三天三夜的漂流把我们累坏了，不一会儿，我们就精疲力竭地睡着了。

第二天，蓝天如洗。我被叔叔欢快的声音唤醒：

“喂，阿克赛，瞧，我们已经到了！”

“到了哪里？是我们的远征结束了？”

“不是，是到了这个无边的大海的尽头了。现在，我们又能够向地心进发了。”

“可是，我们回去的路程怎么办呢？”

“我们还没有到达目的地，你已经在想回去了！不过，这个问题也很简单。我们到达地心以后，或者找新的路回到地面，或者就从我们来的那条乏味的路上回去。”

“那还要修理木筏，而且，我们仍有足够的粮食吗？”

真是个身兼数职的好向导。

“当然。汉恩斯是个能干的家伙，我肯定他已经把我们的大部分货物救出来了。走，看看去。”

于是，我满怀希望，又忐忑不安地向汉恩斯走去。一路上我都在想，我们的东西是不是全部掉到了海里。可当我走到岸边的时候，我发现自己的担心是多余的，因为汉恩斯正站在一大堆摆放有序的货物中间。

在那样恶劣的环境下，这位向导先生能做到这些，确实不可多得。

我们并非没有遭到严重的损失，譬如我们的武器就丢了，至于火药箱，被有惊无险地保存下来了。

“那么仪器怎么样呢？”我问道。

“这是最有用的流体压力计，我们可以用它来测量深度，并且知道什么时候到达地心！不然，我们会走过了头，从地球的另一端走出来。”叔叔回答了我的问题。

的确，仪器全在那里，罗盘、计时器、温度计个个毫发无损。至于工具——梯子、绳索、铁镐等，也一个未少。

还有我们装有粮食的箱子，它们正被一排排地放在岸上，而且被保存得很好。这些食物足够我们吃四个月的。

“现在，我们要用石洼里的雨水来做饮料，所以就不必担心没有水喝的问题了。至于木筏，我要叫汉恩斯尽可能把它修好！尽管我猜想我们不会再用得着它了！”他说。

“为什么？”我惊奇地问道。

“我想我们也许不会从原路回去的。”

我将信将疑地看看教授，暗想他是不是疯了。可是从他说话的神气来看，一点儿不像精神失常。

教授天马行空的思维方式总是能给人“惊喜”。

吃完早饭，我和叔叔聊起我们所处的位置来。

“要准确地计算有些难度，因为在这三天的暴风雨里，我没有记下速度和木筏行进的方向；不过，我们能大致估算一下。”叔叔说道，“我们还是先看一下罗盘吧！”

于是，我和叔叔走近放在岩石边的罗盘。

叔叔拿起罗盘，放平后，观察着指针，指针先是动了几下，然后因为磁力作用而停下了。

叔叔看了一会儿以后，揉搓着双手，随即又仔细地看了看，最后十分茫然地转过身来，喊道：

教授一连串的动作表明了他的惊讶程度。

“天哪，这是怎么回事？”

我赶忙走过去，这时，我也情不自禁地惊叫起来，因为指针出人意料地指着北方，而不是我们一直认为的南方！

我拿起罗盘摇晃了几下，又仔细地检查了一下：罗盘并没有毛病。我无论怎么拨动指针，指针最后总是回到原先的位置，指着那出人意料的方向。

如此说来，在暴风雨呼啸的过程中，风向肯定发生过变化，只是未被我们发现而已。

难道，大海上几天几夜的危险漂流完全是徒劳无功？

所以，叔叔原以为我们已经把出发时的海岸远远抛在了后面，孰不知，大风又把木筏上的我们给送了回来。

第三十三章 惊人的发现

在教授和阿克赛对周围的环境进行考察时，意外发现了第四纪人，难道在这个荒僻的海滩上有地心人吗？

我简直无法描写激动的黎登布洛克教授的反应。

“这些就是命运用来玩弄我们的诡计！”他喊道，“一切因素都在和我们作对；空气、火、水联合起来阻挡我们！我要看看人和自然究竟谁是最后的胜利者！”

黎登布洛克被激怒了，他站在岩石上，犹如在向神灵宣战。见此情景，我觉得不妙，试图阻止他的这股疯狂劲儿。

“听我说，”我坚定地说，“不管怎样，雄心壮志都得有个限度，不可与明知不可为的事情抗争。我们的航海装备太差，就几根树干、毯子做的船帆、一根木棍做的桅杆，凭这些就想顶风航行几千英里，这本来就是不现实的。我们驾着木筏，就像是暴风雨中的玩物，再渡一次海，那简直是自取灭亡！”

我连续讲了十来分钟的道理，叔叔一句话也没有说。我想，他是不是有些动摇了？

“上木筏！”他突然喊道。看来，叔叔是铁了心要进行他的探险之旅。

汉恩斯刚用化石木加固了木筏。桅杆升起来了，船帆挂上，迎风飘扬。

此时此刻，我有什么法子阻止他们？我无可奈何地准备迈上木筏，但却被叔叔拦住了。

“我们明天再离开，”他说，“既然命运把我送到这块海岸上来，不对它进行一番勘探，怎么可以离开呢？”

于是，汉恩斯留下继续干活儿，我和叔叔便出发勘探去了。波浪和山脚间的距离很宽；任何人都得花半小时才能到达山脚。我们的鞋底踏碎了无数个各种式样各种大小的贝壳——史前动物的遗迹。此外，地面上的卵石遍布，因此，我敢断言，这里曾被海水淹没过。

这在一定程度上说明了，为什么在离地面 100 英里的深处会存在着一个大海，地表海洋里的海水显然是通过一些缝隙流入地下，最终形成了这片“地中海”。只不过后来，这些缝隙又被堵住了，这些海水在地热的作用下，出现了蒸发现象，故而形成我们头顶上方的云层和放电现象，而这放电现象就是引发地球内部风暴的罪魁祸首。

我很高兴自己能将所见到的自然现象进行理论分析。

我们沿着海岸走了大约 1 英里，岩石的外貌忽然变了。它们好像曾经被下面险峻而隆起的地层替代过，许多地方都有断层的痕迹。

我们艰难地行进在夹杂着火石、石英、冲积沉积物的花岗岩裂缝上。这时，我看到眼前一片堆满动物骸骨的空地，上面有着两千多年来各种动物的骸骨，这些骸骨叠叠层层地堆放着，向着地平线尽头延伸而去。

我们顿时起了极大的好奇心，急不可耐地向前走去，我们的脚噼啪噼啪地踏在这些史前动物的骸骨上。

我们看到了大量的珍奇异宝，无防兽、奇特兽、乳齿象、原猿、翼手龙，这么多的怪兽骸骨聚在一起，令我们惊叹，也令我们兴奋。叔叔举起了他长长的双臂，嘴巴大张着，眼睛在镜片后闪烁着光芒。

当他走过这满地的骸骨，突然捡起一个暴露着的头颅时，他用颤抖的语调喊道：

“阿克赛！阿克赛！一个人头！”

“叔叔，一个人头？”我回答道。我的惊奇并不亚于他。

“是的，我的孩子。”

我赶忙跑过去，这时我看到一具清晰可辨的尸体，它被保存得非常完善。这儿的土层极为特殊，是不是由于这种特殊的土层，这具尸体才得以保存得如此完整呢？这具尸体四肢柔软，牙齿完好，头发浓密。如果你不仔细看，还真会以为是个大活人躺在我们面前。

我同叔叔一起将尸体抬了起来，竖直靠在岩石上。我们用手轻轻地按了按他的胸膛，只听见有空洞的声响传出来。

这时候，叔叔又变成教授了，他忘记了我们当时所处的环境，大概还以为是在地面上给他的学生上课吧，他竟以一种讲课的声调，对他假想中的听众演讲起来了：

“诸位，我很荣幸地给你们介绍一个第四纪人。有一些伟大的学者否定他的存在，有些却相反地对他加以肯定。不管怎么样，如果你们能亲手摸摸他，那就什么都不用说了。你们看，他的身高不到 6 英尺，绝对不是什么巨人。至于他的种族嘛，那么毫无疑问，是高加索人。跟我们一样，是白种人！他的颅骨是整齐的椭圆形，两颊和牙床都不突出。他毫无突颚类的特征。他的面角差不多是 90 度。如果要做进一步的推论，我敢保证，他分布在自印度到西欧的广大地区的印欧族。不要笑，诸位！

“是的，他是一具古尸，一具跟古代乳齿象同时代生活的人的化石。可是，他是怎么到达这么深的地下的？埋葬他的那块地层又是怎么陷到这样巨大的一个洞穴里的？对此，我说不清楚，也许是由于地壳的运动，以致有一部分表面地层滑落下来了。但唯一可以肯定的是，这儿确实发现了人的骸骨，在他的周围还留有许多手工制品、斧头、切削的燧石，等等，这无疑是石器时代的东西。所以，除非此人同我一样，是一个探险之旅的旅行者，否则，我深信他来自远古时代。”

教授讲完了，我热烈地为他鼓掌。他言之成理，无懈可击，即使是比我更有学问的人恐怕也难以驳倒他。

不过，在我心里还有一个很重要的问题没有解决，那就是这些生物是死亡之后，由于地震的原因掉落到黎登布洛克海的海岸上来的呢，还是他们原本就生活在这个地底深处呢？我们先前所遇到的海兽和鱼类可全都是活蹦乱跳的呀！在这个荒僻的海滩上，难道有地心人吗？

第三十四章 一把奇怪的匕首

在一个花岗岩石板上，有两个神秘的字母——这是那位勇敢而富于幻想的探险家的姓名的缩写。

带着急切的好奇心，我们在这些尸骨上又走了半小时。走了1英里以后，我们来到一片大森林的边缘，这里不像格劳班港附近的蘑菇森林。这是一片宏伟的第三纪时期的植物群落，地面上长满了已经绝种了的巨大的棕树、松树、水松、柏树、罗汉松，它们都被一大片密得不透眼的藤连在一起。溪流在树下发出潺潺的声音，小溪边长着乔木状蕨类——与长在地面温室里的蕨类一模一样。只是因为见不到阳光，这里的植物看起来没有一丝生机——树木毫无绿意，花朵既不五彩缤纷，也不芬芳四溢，仿佛是用漂白过的纸制作的花。

叔叔毫不畏惧地走进这片巨大的丛林，我紧随其后。我心中反复在思考一个问题：既然大自然在这里留下了一大片植物，难道就没有留下一些令人望而生畏的哺乳动物吗？

忽然，我的脚步停住了，我看到了一群乳齿象！它们不是化石，而是活生生的乳齿象。它们的大鼻子在树干上卷来卷去，如同一条条的大蟒蛇。它们长长的象牙不时地撕裂那些古老的树干，再把大量的树叶送进自己巨大的嘴里。

在这些怪兽面前，人的力量是多么渺小！我们的生命全操纵在这些野兽手里！

叔叔一把抓住我的胳膊，喊道："朝前走！朝前走！"

"不，"我回答，"我们没有武器！我们怎么能抵抗这些巨大的四足兽呢？没有一个人敢大胆地向它们挑衅！"

"没有人敢吗？"叔叔压低了声音说，"那你可就错了，阿克赛！你看，看那儿，有一个人——和我们一样的人！"

尽管我难以置信，事实却摆在面前。在不到四分之一英里的地方，确实是有个人，他正靠在一棵高大的杉树树干上，看守着大群的乳齿象！

这位巨象的看守人要比这群巨象更加高大！

没错，就是高大得多。他身高有 12 英尺，脑袋像牛头那样大，满头的蓬乱头发，如同远古时代的大象鬃毛。他手里拿着一根巨大的树枝在那里挥动着。

我们愣愣地站在了那儿，动弹不得。万一被他发现，那可就糟了！

"快走，快走！"我一边拉着叔叔走，一边说。叔叔也是第一次听从我的劝告。

一连几个月，这个奇遇让我浮想联翩：那个看守巨象的真的是人吗？可是，在这地底深处怎么可能有人类生存呢？也许，是一种和人的形状相似的动物吧！

一刻钟以后，我们看不见这个可怕的敌人了。我们在极度的惊惶中终于走出了这片明亮而死寂的树林。

虽然我明明清楚，我们是走在一片从未到过的土地上，但我却常常看见一堆堆的和格劳班港那边形状相似的岩石。这就说明，我们现在是在不由自主地回到了黎登布洛克海的北面，周围的景色极其相似，难以分清。无数的小溪和瀑布从某些突出的岩石上倾泻而下，我仿佛又看到了为我们服务的小溪和我当初从昏迷中苏醒过来的那个洞穴。可是，当我往前又走了几步时，却看见了不同的景象：石壁的形状，一条新出现的小溪，一块岩石的奇特轮廓……这又使我犹豫不决了，我不知道自己置身何处。

叔叔也跟我同样感到困惑，他不住地喃喃着，不知在说些什么。

“显然，”我对叔叔说，“我们并没有在出发地靠岸，暴风雨把我们吹送到往北的海岸。不过，只要是沿着海岸走，我们就一定能回到格劳班港。”

“如果是那样，”叔叔说，“何必再继续向前走呢？干脆还是坐木筏算了。不过，你肯定不会弄错吧？阿克赛！”

“我也拿不准，这些岩石都这么相似。”我一面说，一面观察着一个似曾相识的小湾。

“可是，阿克赛，假如真像你所说的那样，我们至少可以看到我们所留下的足迹；但现在，我却什么也没有看到——”

“可是我倒看见了！”说完，我就向着在沙滩上发光的一个东西跑去。

“这是什么？”叔叔问道。

“喏。”我一面回答，一面捡起一把匕首给叔叔看。

“嗯，这是你随身带着的吗？”叔叔问。

“不是，我没带。”

“我就更不会带了。真奇怪，这是谁的呢？不过，据我所知，冰岛人常常使用这种武器。这会不会是汉恩斯的呢？”

“可我从来没有见过汉恩斯用这种匕首啊！”我回答道。

叔叔仔细地看了看这件武器，郑重地说：

“阿克赛，这把匕首是16世纪时的东西，是一把名副其实的短剑，是贵族们佩在腰间决斗时用的。它产自西班牙。它不属于你，不属于我，也不属于我们的向导。”

“你根据什么——”

“看，匕首上有许多缺口，已经无法再用来决斗；而且刀口上有一层锈，这不是一两天或是一两年，甚至一个世纪所能造成的。所以我推断，这把匕首待在这沙滩上足足有一两百年了，它刀上的缺口是地下大海的岩石给碰出来的！”

“可是它不会独自来到这里的！”我喊道，“一定是什么人比我们先到过这里！”

“没错，可这个人是谁呢？他一定是用这把匕首刻下自己的名字，想再一次为我们指明通向地心的方向。来，我们快找找看。”叔叔兴奋不已地说。

不久，我们来到了海岸的狭窄处，在一片突出的岩石中间，发现一个黑漆漆的洞口。在洞口的一块花岗岩石板上，有两个神秘的字母，虽有点儿模糊，但是却能认得出——这是那位勇敢而富于幻想的探险家的姓名的缩写：

“A. S.，”叔叔喊道，“阿恩·萨克奴姗！又是阿恩·萨克奴姗！”

第三十五章 巨石

他们在通往地心的途中碰上一块巨大的石头，于是决定用炸药来开辟一条新路。

看到这两个神奇的字母时，我惊讶得几乎发呆了。岩石上不但明明刻着这位有学问的炼金术士的签名，而且我手里还拿着那曾经用来签这个名字的笔。我不能再怀疑这位旅行者的存在和他远征的真实性了。

“签名字的笔”是一种诙谐的说法，因为明明是一把匕首。

而这时，黎登布洛克教授却一直沉迷在对阿恩·萨克奴姗的赞赏中：

“了不起的天才！你总不忘为后人指明穿越地层的路，让与你有同样抱负的人在这黑暗之处，能够看到你300年前留下的足迹！那么，我也要仿效您，把我的名字刻在花岗岩石板上。不过，从今天起，您所发现的这个大海旁边的海角，将永远被命名为‘萨克奴姗’海角了！”

教授毫不吝惜对那位炼金术士的赞美之词。

此时，我也热情澎湃，所有旅途中的危险全部被置之脑后。心中只有一个信念，前人做过的事，我也要

直到此时，“我”才完全认识到这次探险之旅的伟大和价值所在。

去做。

“叔叔，往前走！”我大声说，“上天是这么眷顾我们，就连暴风雨也给我们指明了正确的路。如果当初天气晴朗，我们还不知道会走到哪里，也许永远看不到那两个缩写字母了！”

“对，阿克赛，我们本是往南航行，可现在却转了方向，向北来到了萨克奴姗海角，真是天助我也。”

“可是现在我们还要往北去，我敢说我们要在瑞典、俄罗斯、西伯利亚的下面行进！那比在非洲沙漠或大西洋底下穿行强得多了！”

“是的，无论在哪儿穿行，都要比在这片水平的大海上航行好得多。这大海也不知道会把我们带到哪里去。现在，我们要往下去，再往下去。你知道，再往下去2000英里，我们就能走到地心了！”

“2000英里算什么？”我喊道，“往下走吧！”

我们与汉恩斯会合了，但我与叔叔仍在继续我们那疯狂的交谈。一切都已经准备好了，我们登上了木筏，挂起了帆，汉恩斯掌着舵，沿着海岸向萨克奴姗海角进发。

迫不及待：急迫地不能再等待。

风的方向不是很顺，岩石时常使我们多绕一些弯路。我们花了3个小时，终于在晚上10点光景来到了一处宜于登陆的地方。

“破釜沉舟”？“我”现在变得比教授还疯狂！

我第一个跳上岸去，迫不及待地想要下到地心去，我甚至提出“破釜沉舟”的建议，打算消除后退的一切可能性。然而叔叔并不赞成。

“我们要抓紧时间，分秒必争，立即出发。”我说。

“应该如此。可是我们先检查一下这条新的坑道，看看是不是用得着我们的梯子。”

叔叔说着便把路姆考夫照明灯点亮，打头向坑道口走去。

坑道的开口近乎圆形，直径约有 5 英尺，里面漆黑一团，全都是裸露着的岩石，并留有火山喷发的痕迹。因为洞口的下端与地面持平，所以，我们没有费多少事就爬了进去。

可我们只走了六步，就遇上了一块拦路的巨大的岩石。这该死的石头将我们前进的道路堵了个严严实实，我们没有任何希望走过去。

严严实实：形容异常严密。

我在地上坐了下来，叔叔则在坑道内焦躁地踱来踱去。

我想，这块石头一定是在某种巨大的震动以后，移动到这里堵住了坑洞。我们要是不把这个拦路虎去掉，就到不了地心。

“这样吧，”叔叔说道，“我们用锄和镐来开路，把这座岩壁推倒！”

可见叔叔铲除岩壁的决心之大。

“石块太硬了，用锄不行。”我说，“而且用镐也不行，因为岩壁太厚了！”

“那怎么办呢……”

“用炸药！把这挡路的石块炸掉！”

冰岛人跑到木筏上，不久带了一把镐回来，准备用镐凿一个小洞放炸药。这不是简单的事——他一定要凿出一个大得能够放 50 磅火棉的洞眼，火棉的爆炸力要比火药大 4 倍。

我感到极度紧张。汉恩斯工作的时候，我急忙帮助叔叔准备导火索。导火索是用放在亚麻布做成的钢管里面的湿火药制成的，是一条很长的引火线。

“这回我们可以过去了。”我说。

“这回我们可以过去了。”叔叔重复了一遍。

这句重复“我”的话，表明教授也是异常紧张的。

半夜时分，我们的地雷制成了，火棉全被放在岩洞口里面，引火线的一端通过坑道而悬在坑道的口外。一个火星就能使这股潜伏的威力爆发出来。

“明天再引爆。”教授说。

我不得不再耐心地等六小时！

第二天，8 月 27 日，星期四，是这段地下旅行的伟大日子。每当我在日后想到这一天时，心总是怦怦直跳。

这句话是伏笔，提前指出接下来的行程是异常凶险的。

6 点钟，我们起身。我们将用火药在花岗岩地壳中炸出一条通道来。

我向叔叔要求由我点燃导火索。我完成点火任务后，必须赶快返回木筏上并尽快离开海岸，避免遭到爆炸所带来的危险。

按照我的估计，火星蔓延到火棉以前，引火线要烧十分钟，所以我还是有足够的时间可以跳到木筏上的。

不过，我心里多少有些紧张。

匆促地吃完饭以后，叔叔和向导先上了木筏。

我跑到坑道开口处，点起了灯，拿住了引火线。我把引火线放进灯火，见到它开始发出噼啪声，就赶快跑回到海岸上。

“快上木筏，”叔叔喊道，“汉恩斯，把木筏推出去。”

汉恩斯用力一推，我们就离开了海滩。

这真是惊心动魄的时候。教授目不转睛地注视着时辰表的指针。

惊心动魄：形容使人感受很深，震动很大，就像心灵和魂都给震动了一样。

“还有 5 分钟，”他说，“四、三、二、一。爆炸开始了！”

然而，我们却好像没有听到爆炸声，只是发现岩石的形状突然间在起着变化，像是一个帷幔似的被拉开来了，海岸边出现了一个深不可测的无底洞。

由于震撼的作用，海面上产生了巨大的波浪，木筏就在浪头上垂直地立了起来。我们全都被掀倒了。转眼间，黑暗代替了光亮，木筏接着失去了坚实的支撑，径直地向一个方向漂去。

原来，在那巨石的另一边，有一个无底洞。一声爆炸，使得通向无底洞的路被打开，海水像洪流狂泻一样带着我们往下冲去。我感到命在旦夕。

他们不会是把地球给炸漏了吧！

不知过了多长时间，一小时，也可能是两小时，我们彼此紧挽着胳膊，以免被冲出木筏以外；每当木筏撞在岩壁上的时候，我们就受到猛烈的震动。然而这很少发生，我由此肯定这条过道变宽了。

向导先生总是“泰山崩于前而不变色”。

当我忽然看到附近有一道光照亮了汉恩斯镇静的面容时，我感到很惊奇。有本事的汉恩斯点亮了灯，虽然火焰颤动得几乎要熄灭，它仍然在一片可怕的漆黑里放出一些微光。

坑道很宽，微弱的灯光让我们看不清两边的石壁。海水流过的下坡比美国最著名的急流还大；水面好像是用力射出去的一排水箭。有时，涡流使我们的木筏转着圆圈；我和叔叔靠紧搂住爆炸时折断了的桅杆，惊惶地张望着。我们转过身去背对着风，以免在这飞速的前进中喘不过气来。

时光在流逝，情况没有任何好转。这时又发生了一件事情，使得情况更为复杂了，那就是我们的行李大都丢失了。

这次终于到了最危急的时刻！

为了弄清楚我们究竟还有多少东西，我拿着灯开始寻找。我们的仪器只剩下了罗盘和时辰表；梯子没有了，至于绳索，也只剩下绕在桅杆上的一点点；更糟的是，粮食也没有了，我们的全部食物只是一块干肉和几片饼干！

这下子我傻眼了。饥饿使我忘记了眼前的危险，心里只想着断粮的后果——没有吃的，我们还能扛几天啊！

这时候，燃着的灯芯已经烧没了，我们再次处在无法驱散的一片漆黑之中。

又过了一段时间，根据吹到脸上的风来判断，我们现在几乎是在随着猛泻的海水垂直坠落。叔叔和汉恩斯拼命抓住我的胳膊，生怕我摔下去。

看这情形，地球被这三个破坏分子炸漏的可能性极大！

突然，猛地一震，木筏停止坠落了。一阵水流袭来，我觉得喘不过气来了……不过，这阵似倾盆大雨的水流并没有持续几秒钟，不久，我便呼吸到了新鲜的空气。叔叔和汉恩斯仍旧紧抓着我的胳膊，我们三个人仍旧活在木筏上。

情境赏析

故事发展到此，经历了一系列危险与障碍，“我们”又一次发现了那位炼金术士的名字，这个情节和第十五章的那次在火山焰口的发现相呼应，而“我”的态度至此也发生了重大转变，“我”终于较完全地认识到这次探险之旅的伟大和价值所在，以致“我”变得比教授还要“疯狂”！“我”甚至一度想要来个“破釜沉舟”，彻底消除一切退路！

名家点评

秘密嘛，就是凡尔纳从不放弃时间。

——鲁迅

第三十六章

食物危机

厄运之下，考验接连而至。这一回，他们连恢复体力的粮食都所剩无几了。

大约到了晚上 10 点钟，经过这最后一次的撞击后，坑道里一片沉寂，那长时间充斥在我耳朵里的咆哮声已经听不到了。这时，我听见了叔叔的声音：

“我们在往上升。”

“这是什么意思？”我喊道。

“对，是在上升。我们现在是在一口直径不过 20 英尺的狭窄的井内。海水冲至洞底，便开始向上涌，一直上升到水平面的高度，因此，我们也就随之一起往上升。”

“我们会上升到哪里去？”

“我不知道。不过照这样的速度来算，我们也许很快升至地面。”

“那得看会不会遇到阻碍，而且这口井是不是真的有出口。如果这口井的出口万一被堵住，万一空气在水柱的压力下逐渐被压缩，那我们可就没有活路了！”

“阿克赛，”教授十分镇静地说，“虽然我们身处绝境，但总会有生路，常言道‘绝处逢生’嘛！做好准备，抓住一切可以逃生的机会!”

“做什么准备?”

“吃点儿东西，恢复体力。”

听叔叔这么一说，我欲哭无泪。

汉恩斯也摇着头望着叔叔。

“怎么?”叔叔惊诧道，“粮食全都被甩到海里去了?”

“是的，就剩下……这一块干肉了，得三个人分！我们还有没有救啊，叔叔?”

我的问题没有得到任何回答。

一小时过去了，我开始感到饥饿难耐。同伴们也同样在忍受着饥饿的煎熬，但是，我们谁都不愿意去动那剩下的一点点可怜巴巴的食物。

而此时的我们，仍然在以极快的速度往上升着，快得几乎让我们喘不过气来。非但如此，我们周围的温度也越升越高。

温度的变化说明什么呢？是我一直认为的那个地心热的理论得到证实了吗？我们是不是将进入一个连岩石都熔化了的高温环境中去呢？我很担心，即使我们不被淹死、压死或饿死，那也可能被活活烧死。

一小时过去了，除了气温略有升高以外，其他一切如常。叔叔终于打破了静默，说：

“现在，必须恢复我们的体力。我们得吃点儿东西!”

“可是，叔叔，如果把这块肉吃了，那我们还剩什么可吃的呢?”

“如果你只看不吃，它就会增多吗?”

“难道说你还没有感到绝望吗?”我有点儿生气地说。

“没有!”教授有力地回答道。

“你还确信有机会逃得出去吗?”

“当然!”

“那么您到底打算怎么办呢?”我问。

“把剩下的食物全部吃掉，来恢复我们的体力，这么做总比坐以待毙强!”

于是，叔叔拿出那块肉和饼干，细心地分成三个等份。教授贪婪地大嚼着；汉恩斯则吃得安详而有节制，一小口一小口地咀嚼着；而我呢，虽然饿，却一点儿胃口都没有。汉恩斯找出半瓶杜松子酒，这使我有了一些精神。

“真好!”汉恩斯在轮到他喝一口的时候用丹麦语说。

“真好!”叔叔重复了一遍。

吃完以后，各人都在独自沉思。汉恩斯这位沉默寡言的人此刻在想些什么呢？至于我，充斥脑海的几乎全都是些回忆——科尼斯街的房子、亲爱的格劳班、善良的马尔塔，以及地面上的车水马龙……

叔叔手举火把，仔细地观察着地层的性质，希望能辨别出我们所处的位置来。任何一位学者都有他冷静的时候，叔叔当然也不例外。

“火成花岗岩，”他说，“仍然是原始时期！不过，我们还在上升。”

又过了一会儿，他继续说道：

“片麻岩！云母片岩！好啊！我们目前是在过渡时期，然后就是——”

教授想说什么？难道他能计算出我们头顶上的地层的厚度吗？他用什么方法计算呢？这不可能，他没有压力计，什么都代替不了气压计的呀！

气温在不断地上升，这种温度只有钢铁厂熔炉中的温度才能跟它相比。我们三人全都汗流如柱，不得不脱去上衣和背心。

“我们会不会一直上升到一个大熔炉里去呀？”当热度又增加了一倍的时候我喊道。

“不，”叔叔回答，“那不可能！”

“可是，”我摸摸岩壁说，“这垛岩壁烫得像火烧一样。”

我的手紧接着又碰了碰水，赶紧又缩了回来。

“水在沸腾！”我喊道。

叔叔没有回答，却冲我做了一个非常愤怒的手势。

我却顾不得那么多，我的脑海中被一种突然升起的恐惧感盘踞着，怎么也无法将它挥去，我感到马上就会大难临头了。凭借火把微弱的光亮，我注意到花岗岩在无序地运动着。很明显，某种自然现象将很快出现……我决定看看罗盘。

罗盘的指针正在疯狂地乱动着！

第三十七章 爆炸

连续不断的爆炸、地的震动，以及传到木筏上的涡流的摇摆，使阿克赛的记忆混乱了。

一切都疯了！罗盘的指针摇摆着，从一个方向急转到相对的方向，没完没了地晃动着。

根据公认的理论，地球的磁力层从不是完全静止的。地球内部物质的分解、潮汐以及磁场的作用，都能造成磁力层的变化和震动，只不过我们在地面上感觉不到而已。所以，对于罗盘的这种疯狂情况，我并不觉得害怕，至少没有因此而产生恐惧的想法。

但是，其他一些特殊的情况，却让我不敢掉以轻心：爆炸的次数越来越频繁了，而且声音越来越响亮。那声响就如同马车疾驰在石板路上一样，是一种持续不断的雷鸣。

我想，再这样发展下去，花岗岩块有可能会合拢，裂缝有可能会合并严实；到时候，我们这几个可怜巴巴的小东西一定会被挤得粉碎！

“叔叔！叔叔！”我喊道，“我们完了！你看啊，摇撼的岩壁、火烫的热度、沸腾的水、一层一层的水汽、奇怪的罗盘针——这些全都是地震的前兆！”

叔叔微微地摇了摇头，说："我的孩子，我想你是错了。这要比地震好些！"

"那是什么？"

"火山喷发，阿克赛。"

"火山喷发？那我们现在是不是在火山管里呀？"

"我想是的，"教授微笑着说，"这可是好事啊！"

"什么？"我惊恐地喊道，"我们真的碰上火山爆发了？命运真的把我们给抛到了炽热的岩浆、滚烫的岩石、沸腾的海水和所有火山喷发物的必经之路上了？我们将随着岩石块、火山灰在火焰中被抛来抛去？这是好事吗？"

"是的，"教授从眼镜顶部看着我，说，"因为这是我们回到地面的唯一机会！"

成千成百个想法在我脑海里很快地掠过。叔叔的判断是正确的，而且完全正确。

我们仍然在上升，而且继续了整整一夜。周围的爆炸声更加响亮，我几乎喘不上气来。显然，我们是因为火山爆炸的推力而被推着往上升的。

我们此时可不是置身于斯奈弗死火山中，而是处于一座正在发威的活火山里，因此，我不由得猜测：这是哪一座火山？我们又会被喷射到什么地方去？应该是被喷射到北方地区吧，因为罗盘在疯狂晃动之前，是一直指着北方的。自从离开了萨克奴姗海角，我们已经被带到北面好几百英里的地方。现在，我们是不是已经回到了冰岛的下面？我们是不是要从海克拉陷口或者冰岛其他七个火山之一的陷口出来？

拂晓时分，我们上升得更快了；在接近地面的时候，温度并没有降低，而是在继续升高。这是火山的影响使然。好几个大气压的巨大推力在推着我们上升，然而这种力量又使我们面临着许多危险。

很快，垂直的火山管逐渐变得宽阔起来，里面出现了一些黄褐色的反光。管道两边有许多很深的坑道，如同一根根巨型管子，在往外喷射着浓浓的蒸气。

“看，看，叔叔！”我喊道。

“嗯，那些都是硫黄的火焰。爆炸的时候，自然会出现这种情况。”

“可是，如果这些火焰把我们包围住，那可怎么办啊？”

“它们不会在我们周围合拢的。现在火山管越来越宽了，必要的时候我们可以离开木筏，躲在裂缝里。”

“可是水呢！这正在上涨的水！”

“没有水了，阿克赛，只有一种黏性的岩流正在把我们推向火山管的出口了。”

水的确不见了，被黏稠的火山喷发物取代。木筏为我们提供了一个宽大而平坦的坚实立足点。

将近上午 8 点钟光景，一个新的意外出现了：我们骤然间停止了上升，木筏也一动不动地停住了。

叔叔看了看计时器说：“不要怕，用不了 10 分钟，它又会上升的。”

他注视着时辰表，不到一会儿他的话就被证明是对的。木筏又开始移动，并且迅速而不规则地上升了大约两分钟，然后又停了下来。

“好，”叔叔看看时间说，“不到 10 分钟它还要上升的。这是一个间歇性火山，它停歇的时候，就可以让我们喘一口气。”

叔叔的预见果然非常准确，10 分钟后，我们又以极快的速度上升。速度太快，我们必须紧紧抓住树干，否则肯定会被抛出去的。随后，上升再一次停止了。

对于这个奇怪的现象我想了很久，一直得不到满意的解释。不过有一点是很明显的，那就是：我们所在的地道并不是主要的喷火口，而是在主要喷火口的旁边；只是因为很靠近主喷火口，所以也受到一些影响。

这样升升停停的情况到底重复了多少次，我也说不上来；我所能肯定的就是：每次重新上升的时候，推力都在增大，我们成了货真价实的喷发物，被往上喷射着。停下来的时候，每个人都几乎喘不过气来；上升的时候，那火烫的空气夺走了我们的呼吸，仍旧喘息困难。我想如果忽然发现自己正处在温度是零下 30 摄氏度的北极区域，那该多好啊！我以丰富的想象描绘了北极地区的雪地，我也盼望着能在北极的冰地毯上打滚！如果没有汉恩斯伸出胳膊帮助我，我的头颅会不止一次地碰在岩壁上。

因此，对这之后的几个小时里所发生的事情，我记得并不清楚。我只模糊地感觉到连续不断的爆炸、地的震动，以及传到木筏上的涡流的摇摆。汉恩斯的面孔最后一次映照在火光之中，我看着心里发毛，感到那就像是个被绑在炮口的罪犯似的，炮声一响，他的身体将在天空中四分五裂，不见了踪影。

第三十八章

在斯特隆博利

一声爆炸的轰响后，教授一行奇迹般地出现在斯特隆博利。

当我重新张开眼的时候，我发现向导的一只手抓住了我的腰带，他的另外一只手拉住了叔叔。我伤得并不严重，只是表皮受了一些伤。我发现自己躺在离峭壁只有几步路的山坡上，峭壁下最微小的震动就能把我推下山崖。当我由陷口的外坡滚下去的时候，是汉恩斯把我从死亡之神的手中救了出来。

“我们在哪里？”叔叔问，他由于回到了地面而显得十分烦恼。

向导耸耸肩，可能他也不知道。

“难道是在冰岛？”我说。

“不。”汉恩斯回答。

“什么，不在冰岛？”教授喊道。

“这不可能，汉恩斯一定搞错了。”我站起来说。

虽然我们在这次远征中已经经历了无数件令人惊奇的事情，但此时我们还是觉得非常惊讶。我期望着能在这北极天空的灰光底下，见到一块常年积雪的地带。可是正相反，我们目前是在一座山的半山腰，炎热的太阳在烘烤着我们裸露着的身体。

我不愿相信我的眼睛，可是，太阳正暴晒着我的身体，我又不得不相信这一事实。

当我的眼睛变得习惯于这些光亮的时候，我逐渐把周围的景物看得更真切、更清楚了。我敢肯定这是在斯毕茨保根。

教授首先发表意见，他说："这肯定不像是冰岛。"

"那么是詹迈扬岛了。"我又说。

"不，也不是，我的孩子。从它的花岗石山腰和雪顶来看，它不是北方的火山。"

"可是——"

"看，阿克赛，看！"

我们头上不超过 500 英尺的地方，就是火山的陷口。每隔 10 分钟，随着很响的爆炸声，陷口就喷出一排高高的火焰，夹杂着浮石、灰烬和熔岩。山脚隐藏在一片规则的绿色树林里，从绿树林中我看出了橄榄、无花果和结满熟葡萄的葡萄树。

很显然，北极地区是不会有这番景色的。

我的视线穿过这一块绿色地带，停留在一片美丽的海和湖的水面上。而海与湖中间的这块迷人陆地，看来好像是一个直径并没有多少英里的小岛。东面是一个小港口，港口的周围有几所房子，港湾的中间停泊着几条很奇特的小船，此时正漂浮在蓝色的水面上。再过去，多得像大蚂蚁堆的几群小岛屿突出在水面上。西面，远处的海岸在地平线上呈一道弧线。

这种罕见的景色，反而百倍地增强了它那惊人的美丽。

"我们在哪里？我们在哪里？"我再一次地嘟囔着。

汉恩斯冷淡地闭着眼睛沉思，叔叔疑惑地注视着他。

“不管这是什么火山，”他终于开口说，“这里很热，而且爆炸还在进行。既然我们从火山里逃出来，就不该让岩石把自己的头砸碎，所以，让我们继续往下走，看看我们现在究竟在哪里。要不然我们不是被饿死就是被渴死了。”

我本来想在这里再多待几小时的，但叔叔是个有远见的人，即使现在非常疲乏，他还是决定向前走，我也只能跟着他们一起走了。

火山喷出来的石头形成了很陡峭的山坡。我们从火山灰中往山下滑去，以躲开一条条凶猛的蟒蛇似的熔岩流。当我们下降的时候，我开始滔滔不绝地谈论着，因为周围的景色让我的思维插上了想象的翅膀，使得我滔滔不绝地说个没完。

“我们在亚洲，”我喊道，“在印度海岸上，在马来半岛附近的群岛里面，或者就是在大洋洲！我们已经穿过了地球的一半，并且从另一头钻了出来！”

“可是罗盘呢？”叔叔说。

“哦，罗盘！”我尴尬地说。

“按照罗盘来看，我们正在平稳地向北去。”

“罗盘针横躺着吗？”

“横躺着？不！”

“那么这是北极吗？”

“不，不是北极，而是——”

这件事是无法解释的，我也不知道到底是怎么回事了。

我被饥饿和口渴折磨着。两小时以后，我们很幸运地走进了一块可爱的地方，里面全是橄榄树、石榴树和葡萄树，这些看来都是公共的财产。我们贪婪地享用着这些水果。不远的地方，在草地上，我找到了一眼清凉的泉水，我们把脸和手浸在清凉的水里面，真是沁人心脾。

当我们享受着这份宁静与欢乐时，一个小孩在两丛橄榄树中间出现了。

“啊，”我叫道，“这就是这块幸福的土地上的居民!”

他是个衣衫褴褛、满面病容的可怜孩子，显然由于我们的出现感到十分恐惧。的确，我们的身体是半裸着的，头发和胡须也都很蓬乱，害怕我们是理所当然的。

正当这个淘气孩子准备逃走的时候，汉恩斯不管他乱叫乱踢，追上去一把把他拉了回来。

叔叔尽量哄他，并且用德语问道:

“这座山叫什么名字，小朋友?”

这孩子没有回答。

“大概，”叔叔说，“我们目前不在德国。”

然后他又用英语问同样的问题。

这孩子还是不回答，我越发感兴趣了。

“他是个哑巴吗?”教授喊道。他又用法语重复了他的问题。

这孩子仍然默默不语。

“我们用意大利语试试。”叔叔又用意大利语问他，“这是什么地方?”

那小孩还是没有反应。

“这孩子真讨厌!你回答不回答!”叔叔叫着，并生气地拉着这淘气孩子的耳朵左右摆动，“这个岛叫什么名字?”

“斯特隆博利。”这位小乡下人只说了这一句，就逃脱了汉恩斯的大手，穿过橄榄树，奔向平原。

此后，我们不再想起他。斯特隆博利！我们正在地中海的中间,周围是古代神话中的景色，我们也正在风神控制着大风雪的那块圆形地带。东面那些蓝色的山就是卡拉布利亚山！南面远处的火山就是大而可怕的埃特纳！这一切给我的视觉以强大的冲击力。

“斯特隆博利！斯特隆博利！”我重复着说。

叔叔用手势和话语给我伴奏，仿佛我们在合唱。

哦，什么样的旅行啊！多么了不起的旅行啊！我们从一个火山里面进去，又从另外一个火山里面出来，而这另外一个火山距离斯奈弗和世界边缘上的冰岛的光秃秃海岸有4000英里！

吃完可口的点心以后，我们又准备到斯特隆博利港口。我们从遥远的地方来到这儿，是绝对不能让当地居民知道的，因为意大利人非常迷信。如果让他们知道了，肯定会把我们看成从地狱里冒出来的魔鬼。那我们的处境就危险了。

路上我听到叔叔嘟囔着说：

“可是罗盘——它的确指着北方！这怎么解释呢?”

“确实是这样，”我不屑一顾地说，“根本不去瞧它倒还省事得多!”

“不解释清楚怎么行啊！堂堂大学教授，连一种自然现象都弄不清楚，那还是教授吗?”

叔叔说完以后表情变得很严肃，此时他半裸着身体，腰间缠了系有钱袋的皮带，眼镜架在鼻梁上，俨然又变成了严厉的地质学教授。

离开橄榄林一小时以后，我们到达了圣·温赛齐奥港口。汉恩斯索取了他第十三周的服务薪水，叔叔把薪水数给了他，并且热情地和他握手表示感谢。

那时候，即使他不像我们一样很自然地流露出激动的感情，却也做出了一种最不寻常的动作——轻轻地用指尖碰碰我们的手，并且微笑着。

第三十九章

完美结局

去地心游历的事实已经被散布到全世界，教授和阿克赛备受瞩目，而汉恩斯回到了家乡冰岛。

对于这件事，很多人都还觉得不可思议。然而事情确实是这样，我已经习惯了这些人充满疑惑的眼神。

斯特隆博利的渔民们以为我们是船只失事的难民，非常友善地接待了我们，并且给我们衣服和食物。等了 48 小时以后，我们终于在 8 月 31 日被送到墨西拿。我们在那里好好地休息了几小时以后，完全解除了旅途上的疲乏。

9 月 4 日，星期五，我们登上了法兰西皇家邮船伏尔吐诺号，三天以后就在马赛登陆。9 月 9 日傍晚，我们抵达了汉堡。这期间，我们的脑子里还想着我们那倒霉的罗盘。

我不想描写马尔塔的惊讶和格劳班的欢乐。

“现在你是个英雄，”我亲爱的未婚妻说道，“你永远不会再离开我了，阿克赛。”她激动地流下了眼泪。

黎登布洛克教授的归来轰动了整个汉堡，由于马尔塔的泄密，叔叔去地心游历的事实已经被散布到全世界。当听到这个消息的时候人们不肯相信，而当黎登布洛克教授回来以后，他们还是不相信。

然而汉恩斯回到了冰岛，从冰岛传来的一些消息多少改变了这种状况。

这时候叔叔已经成为了一个伟大的人物，而我由于是一位伟大人物的侄子，也变得有些伟大了。汉堡为我们设下了宴会。约汉奈姆举办了一次大会，教授在大会上讲述了我们远征的经过，只省略了关于罗盘的事。

获得殊荣难免招来忌恨，叔叔与全世界的科学家展开了唇枪舌剑。

我是不同意他的冷却理论的。虽然我也亲眼看到了这一切，但我相信并且始终坚信地心热的说法。并且相信将来有一些东西一定可以证明这一科学理论。

在这中间，有一件事让他感到很遗憾。汉恩斯不管叔叔如何恳求，最后还是离开了汉堡。整个旅程中幸亏有了他，我们才能顺利回到家乡，而他却不让我们报答便走了。汉恩斯得了思乡病。

这本《地心游记》大大地轰动了全世界。它被翻译成各种文字。人们讨论它、评论它，相信者和怀疑者分别以同等坚定的理论来攻击它和维护它。叔叔终身享受着它所带来的荣誉，甚至美国高薪聘请他前去循环演讲。

然而有一件事却一直令教授很痛苦，就是罗盘所无法解释的问题。对于一位像叔叔这样的科学家来说，一件解释不出来的事实简直是对于心灵的一种折磨。幸好，天从人愿，上苍帮叔叔解除了这一困扰。

有一天，我在他的书房里整理一大堆矿物标本，看到了这个赫赫有名的罗盘，便动手检查它。这个罗盘在那里待了已经半年，从没有人注意到它给我们带来了多么大的麻烦和烦恼。

谁知当我仔细看时，竟吃惊得失声大叫起来。教授听到我的尖叫，立刻跑到我身边。

“什么事？”他问。

“嗳，罗盘的指针把北指成了南！”

“你说什么？”

“你看！它的两极正好换了个儿！”

叔叔拿起它和别的罗盘比较了一下，忽然叫了起来，连房子也震动了。

“所以，”当他平静下来以后说道，“我们到达萨克奴姗海角以后，这个讨厌的罗盘针把北指成了南？”

“显然如此。”

“这样就可以说明我们的错误了。那么罗盘的两极是怎样颠倒的呢？”

“理由很简单。”

“你解释一下吧，我的孩子。”

“黎登布洛克海上发生风暴的时候，那团火球磁化了木筏上的铁，同样也磁化了我们的罗盘！”

“啊！”教授叫道，他忽然大笑起来，“原来这是闪电玩弄的鬼把戏！”

当罗盘之谜被解开以后，再也没有任何事情困扰叔叔了，他成了一个快乐的科学家，同时也是世界各大洲所有科学、地理和矿物学会的通讯员。至于我，已经和可爱的格劳班举行了婚礼，她理所当然地搬进了科尼斯街的房子，也成为了最快乐的人。